妖怪旅館營業中 七

決戰前夕的必勝料理

友麻碧

輕文學
Light Literature

目錄

登場人物介紹

妖怪旅館營業中

天神屋

座落於妖魔鬼怪所棲息的世界——「隱世」東北方的老字號旅館。在鬼神的統率之下，眾多妖怪攜手打造出熱絡繁榮的住宿空間。偶爾也會有人類房客入住。

大老闆

在隱世老字號旅館「天神屋」擔任大老闆的鬼神，集眾多妖怪之景仰於一身。曾試圖納葵為妻，卻從不表露自己的內心情感，默默在旁守護她的一舉一動。

津場木葵

因為已故祖父所欠下的債務而成為擔保品，被擄來「天神屋」的女大學生。拒絕接受與大老闆的婚約，運用自豪的廚藝開始經營名為「夕顏」的食堂。

雪女

接待員 **阿涼**

土蜘蛛

大掌櫃 **曉**

九尾狐妖

小老闆 **銀次**

白澤

會計長 **白夜**

狸妖

接待員 **春日**

手鞠河童

小不點

折尾屋

位於南方大地的旅館，是天神屋的死對頭。

天狗

大掌櫃 **葉鳥**

狛犬

大老闆 **亂丸**

借宿妖怪旅館，歡度一夜良宵。

——津場木史郎

第一話 夜間飛行

『葵，我必定娶妳為妻。因為我打從心底……對妳感到尊敬。』

大老闆留下的這句話，還有當時被他緊緊抱住的那股餘溫，至今仍鮮明地浮現於我的記憶之中。

那時候，隔著大老闆的懷抱所望見的黑暗又是什麼？

那片陰影至今仍讓我的眼神失去光彩，擾亂我的心思。

這是我第一次產生這樣的心情。

我……究竟有能力去守護大老闆的什麼呢？

「大老闆前往妖都後遲遲未回到天神屋來，是因為雷獸的陰謀而陷入革職的危機。事態相當嚴重，再這樣下去，天神屋就要落入雷獸的手中了。」

白葉先生手中的摺扇應聲闔上，那響亮的聲音讓我猛然回過神來。

天神屋上下正在大會議廳內召開會議。

我——津場木葵也來到集合幹部與其他員工的這間大廳內，坐在銀次先生旁邊，就只是看著他們進行會議討論。

「因此，我認為我應該先前往妖都一趟。」

負責掌控會議進行的會計長白夜先生用摺扇輕敲手心，提議由他動身前往妖都。

「萬萬不可！這種重要時刻，連會計長殿下都離開天神屋怎麼行！」

「會計長大人，還請您留下來坐鎮呀。」

「真是夠了，平時明明個個都把我當成眼中釘，只有需要我的時候才巴著我不放！」

天神屋會計部的人員全都叫苦連天，然而還是被白夜先生無情地拒絕。

「咳咳！總而言之，目前需要確認的事項共有以下幾點。」

第一點，大老闆的安全以及目前狀況。

第二點，大老闆陷入失聯狀態之原因。

第三點，陷大老闆於這般不利狀況的主謀與其陰謀。

依照接下來的發展，也許會牽扯出更複雜的利害關係——白夜先生說。

「大老闆恐怕就是被無藥可救的天下第一蠢才『雷獸』所陷害，而處於無法與我們聯繫的狀態吧。首要任務是到妖都收集情報，釐清行蹤成謎的大老闆現在身在何處。庭園長才藏殿下目前也失聯，如果他們兩人沒有分散的話是最好……無論如何，總之他們無法回來天神屋，其中必定有什麼原因。」

白夜先生接著將視線移往天花板。

「事件發生地點是在妖都，宮中貴族的行跡也讓我相當在意。我希望能借助庭園師佐助的力量。」

被指名的佐助從天花板的縫隙中探出頭，一臉淡然地回應「了解是也」。

看現場沒有人開口吐嘈，所以我想那邊應該是佐助平常的待命位置吧。

「的確……能在妖都收集情報的，除了過去曾在妖都宮中身居要職的會計長殿下，別無其他人選了。」

「但是此計還是令人稍感不安。」

「到底誰能頂替會計長整頓我們天神屋呢？」

在場的大家都動搖不安，擔憂的心情在臉上顯露無遺。

原因就在於，平時天神屋絕對少不了大老闆或會計長其中一人坐鎮。

「在我外出的這段期間，幫忙管理天神屋的當然就是小老闆——銀次殿下了。」

銀次聽見自己被點名，原本筆直的背桿又挺得更直了。

「過去大老闆外出時，已無數次將天神屋託付給你，而你也從沒辜負他的期望。」

「可、可是，光憑我一個人……」

「你要說自己辦不到嗎？銀次殿下？」

白夜先生冰冷的視線與銀次先生五味雜陳的眼神互相交會著。

「不……現在不是說這種喪氣話的時候對吧。我明白了，留守天神屋的任務請交給我吧，會計長殿下。在大老闆平安歸來以前，由我扛起這間天神屋，用全力來守護。我想這正是現在的我應盡的職責。」

銀次先生換上凜然的表情，彷彿第一個做好了覺悟。

他的這番回應也讓在場其他員工與幹部原本散漫的士氣，開始緩緩凝聚起來。

繼續不知所措也無法解決任何問題。

銀次先生的覺悟推動了在場所有人。

他給我的感覺果然和以前稍有不同。不僅整個人更可靠了，而且能充分感受到其中所蘊含的堅強。

白夜先生看著眼前的銀次先生所展現的架勢，也似乎很滿意地瞇起了雙眼。

「銀次殿下，雖然你本來就有擔任小老闆的才能，但心裡有一部分始終覺得自己是外人。然而經過上次的折尾屋事件，你已經蛻變為有資格扛起天神屋家徽的男人了呢。」

難得出自白夜先生口中的這番稱讚，讓所有人發出一陣驚呼。銀次先生紅起了臉，似乎感到些許難為情，不過還是清了清喉嚨回到正題。

「不過，會計長殿下。目前這樣的狀況，人手還是不足夠。我認為天神屋的經營型態可能需要進行一些調整。」

「的確是。在我前往妖都的這段期間，必須隨時跟館內保持聯繫，各方面都需要人手待命。

能幹的春日也才剛離開天神屋。天神屋就調整為在能力範圍內保持營運吧。雖然正值年底旺季，但要是顧客滿意度下滑，對之後也會造成不好的影響。」

此時舉手發言的是大掌櫃——曉。

「那個，會計長殿下……這樣一來，原定於五天後舉行的『飛船夜航遊覽』企劃該怎麼辦呢？」

飛船夜航遊覽——空中飛船在夕陽西下時刻於天神屋啟航，飛往妖都的遊覽行程。航程中還能悠閒享受美麗夜景、特別活動、限定酒品與天神屋的美味佳餚。

據說這也算是旅館提供的一種宴會場地，妖都的公司行號常會用來舉辦尾牙，因此也成為每年十二月固定舉辦的特別活動。

銀次先生伸手抵著下巴，露出了靈光一閃的表情。

「飛船夜航遊覽……對了，還有這招呢。曉，我記得這行程的航線會經過妖都上空對吧？」

「是，小老闆。此方案能在甲板上欣賞妖都的夜景，相當受到客人的歡迎。加上今年還有天神屋最新型豪華飛船『星華丸』首度登場，活動規模將會超越往年。星華丸在十二月整個月都會來回航行於妖都與鬼門大地之間。」

「既然如此，那我們就可以打著這企劃的名號，名正言順地往返兩地不是嗎？也能隨時互通情報。」

白夜先生馬上就從這個企劃聯想到本次討論議題。

「過不了幾天，大老闆的事情就會傳遍各地的八葉了。其中有些人可能恨不得大老闆因為這次事件而身敗名裂，也有些人並不樂見大老闆的位置被雷獸篡奪。大家都會視情況選擇站在對自身有利的那一邊吧。這個月將會是最關鍵的資訊戰，大家要謹慎行動。」

白夜先生接著對各幹部分別下達了指示。

身為小老闆的銀次先生將暫時成為天神屋最高負責人，在守護旅館的同時一邊與曾有過前緣的南方大地取得聯絡。

大掌櫃曉則必須從旁支援銀次先生，同時鞏固天神屋的顏面，努力把關顧客滿意度。

門房長千秋先生除了以往的工作內容外，還要嘗試與北方大地、西北大地進行交涉，向兩地尋求協助。因為身為千秋先生姪女的春日剛嫁入北方大地，而西北大地也剛好由他母親擔任八葉一職，所以才將此任務交付給他。而且這次若能成功與這兩地建立起關係，也必然能得到右大臣這個堅強的後盾。某方面來說，這將是本次最艱難的任務。

溫泉師靜奈則被吩咐全權管理澡堂事務，同時必須加快腳步完成「那帖藥劑」之類的，總之是一些我聽不懂的事情。

獨眼女掌櫃與女二掌櫃菊乃小姐則因應接下來人手不足的狀況，加強管理女服務員的人力調度，今天就必須就定位。

此時，前任女二掌櫃——阿涼原本打算跟以上兩人一起離開會議廳，結果被白夜一聲「妳站住」給制止了……

「阿涼，這個月由妳負責擔任星華丸的服務長，我希望妳上星華丸幫忙，而非留在天神屋。」

「啥？為何是我？總覺得有一種被發配邊疆的感覺，我才不要咧。我要留在本館裡，這差事就交給女二掌櫃菊乃小姐怎麼樣？」

「欸！喂，阿涼妳……」

已經沒什麼好失去的阿涼，以天不怕地不怕的態度面對白夜先生。

隔壁的曉鐵青著一張臉，相當膽戰心驚。白夜先生雖然一臉不悅，但還是以摺扇掩口，平淡地繼續說下去：

「我倒認為這差事對妳而言並不差呢。被分配到星華丸的服務長，擁有的權限等同於女掌櫃。若能交出好成績，將會是妳出人頭地的好機會。」

「啊～應該說我已經不計較什麼功名了。我呀，脫離了那種身負重責大任的立場，很中意目前這種悠哉的感覺啦。」

「欸，阿涼等一下！春日明明才勸過妳重回女二掌櫃的位置啊。」

「妳在說什麼呀，葵。我為何非得聽從離開旅館的春日的要求啊。」

阿涼還是那副態度，無論我說什麼也激不起她一絲幹勁。

在春日出嫁那一天，明明還覺得她似乎下定了決心……

「阿涼，這次任務將做為我評價妳能力的基準。不過，既然妳無心接任，那也沒辦法了。」

白夜先生猛然闔起摺扇，露出一臉不安好心的表情提出意見——

「妖都內的達官貴人都會聚集於星華丸上，舉辦尾牙什麼的。只要稍微表現得貼心一點，應該就能和平常難以接近的上流階層打好關係喔？這豈不是邂逅良人、飛上枝頭變鳳凰的好機會嗎？」

「我我我、我願意！我願意！」

阿涼瞬間就改變了心意。因為知道她正在誠徵好對象，所以白夜先生特別看準這一點加強攻勢。

隔壁的曉翻了翻白眼，一臉無言的樣子。

阿涼的事情也已經順利解決，此時白夜先生又將銳利的視線轉往一旁。

「咳咳！還有你。一臉缺乏幹部自覺的開發部長，砂樂。」

「呃！」

「大老闆平常放任你在那間地下工廠為所欲為，這次可不能再縱容你了。你必須回到地面，代理我的職務。小老闆與大掌櫃兩人，論工作態度絕對比你可靠多了，但是資歷尚淺。這時候該輪到長年效命於天神屋的你出動了。」

「我、我知道，我都知道啦，白夜～嗯嗯，我也是時候該重見天日了……唉……」

砂樂博士推了推墨鏡，同時明顯無力地垂下雙肩。

「砂樂，振作一點啊。你和我都是天神屋的創始員工吧。」

「我的個性比較適合在幕後默默努力啦～要我來外場服務實在太荒唐了！」

「我沒指望你去服務客人。你只要貢獻智慧，負責坐鎮天神屋，運籌帷幄就好。」

我的確不覺得那個砂樂博士能勝任服務業……

不過其他幹部們的反應就像如今才回想起「天神屋還有砂樂博士」一樣，心裡似乎多少感到踏實了一點。

「……好啦，畢竟我也不希望天神屋的大老闆換別人來當。」

砂樂博士一邊順著自己的長髮，一邊用微弱的音量喃喃自語著，而我都聽見了。

創始員工啊……

在天神屋之中，他們的存在果然具有不同的意義吧。

白夜先生繼續向其他幹部與底下員工們下達工作指示與精神喊話之後，讓大家都鼓起了士氣。反觀只有我一個，從剛才就像個局外人。

「話說，真難得看妳這麼安分啊，葵。」

「呃，是！」

被白夜先生一喊，我立刻聳起肩，不小心用分岔的聲音回應。

天神屋的幹部們全都轉過頭來望向我。

上一次像這樣被四面八方而來的視線注視，已不知是何時的事了。

不知怎地，我回想起一開始被帶來隱世的情景。

「很抱歉讓妳捲入這樣的狀況，但我也有些提議想問妳。夕顏的營業據點可以暫時改為星華丸嗎？」

「咦……這是快閃店的意思嗎？」

「可以這麼說。我希望妳在十二月這段期間暫停中庭店面的營業，改在飛船上提供飲食服務。營業時間主要選在平日，每週兩、三天為佳吧。」

「平日嗎？」

「因為飛船並未提供住宿服務，有些客人可能只是下班後剛好路過，想小酌一杯順便欣賞夜景而已。妳的料理專攻這種客群就好。例如放假前的週五，正是吸引客潮的好機會。」

「原來如此，這想法的確很有趣呢。」

銀次先生比我還更快產生興趣，露出躍躍欲試的表情還往前傾。

「菜單提供一些有別於宴席料理的輕食比較好吧？讓路過的客人也能輕鬆配酒享用。甲板區有設置客席，可以一邊用餐一邊享受夜景。」

「基於以上，葵，我想請妳以星華丸與妖都為營業據點來考量，事前進行相關準備。雖然年關將近應該會很忙，但還是希望妳能加把勁。另外，我還有其他案子需要妳協助。」

「其他需要我協助的案子……是什麼？」

白夜先生面對滿腹疑問的我，只回了一句「有新進度再通知妳」。

他並沒有打算現在說明，又繼續向其他幹部下達詳細的指示。

接收到命令的大家，帶著充滿緊張感的神情陸續離開大會議廳。

只剩我一個人還在狀況外，尚未適應這一切的變化。

大老闆還平安嗎？

我該做些什麼才好？又能幫上什麼忙？目前毫無頭緒。

我唯一的用處也只有做菜了。

「我們也該走囉，葵小姐。」

「呃……嗯！」

看來目前時間還滿緊迫的。因為空中飛船的夜航行程現在有了新的目的，必須及早著手準備才行。

然而，我在走廊上停下腳步。

「欸，銀次先生。我真的只要負責準備輕食就好了嗎？這樣真的就能守護大老闆的棲身之處——天神屋了嗎？我、我……」

「……請您冷靜點，葵小姐。大老闆一定不會有事的。」

銀次先生似乎發現了我的焦慮，轉過身關心我。

只不過，當他看見我臉上的神情後，似乎有點驚訝。

「真難得看葵小姐像這樣展現軟弱的一面呢。」

「……咦？」

「無論何時，您總是堅強又勇敢地面對任何狀況，表現出好強的一面。無論身處怎樣的逆境，都積極地正面對決。然而這次卻……」

我緩緩瞪大雙眼。

對耶。我為什麼變得這麼忐忑不安，變得這麼軟弱了？

「這正代表著您有多重視並且擔心大老闆吧。」

「咦！才、才沒有……」

我舉起雙手在面前猛揮，急著否認這一切，銀次先生則輕輕發出了笑聲。然而沒過多久，他卻吐出無聲的嘆息。

隨後他又變回剛才的嚴肅表情，對我說：

「您最重要的任務，永遠都是料理這件事——這一點是絕對不可動搖的。正因如此，白夜先生才會下達那樣的指示。您的料理能夠『打開妖怪的心房』。我想白夜先生正是認為您能運用這種能力，製造機會來幫助大老闆並且守護天神屋吧。」

「……製造機會？」

「是的。我已經親眼見證過無數次，您運用自身的廚藝做為突破困境的工具，在這次事件中肯定也能從某處發揮作用的。所以大老闆的事情就先託付給其他人，我們一起構思要在星華丸提供怎樣的飲食來滿足顧客吧？您的料理一定能指引出方向，提點您該怎麼做。」

銀次先生的口吻就像在開導我。

我該做什麼，會由我的料理來告訴我……
這句話總算讓我的心找回原有的平靜。
累積焦急的情緒也於事無補，這次我能做的事也只有料理罷了。
「我明白了，銀次先生。我會先想想能在星華丸上享用的輕食菜單。」
「嗯嗯，就是這股鬥志沒錯，葵小姐。」
銀次先生堅定地點了點頭。
剛才也有這樣的感覺，就是銀次先生最近真的變得越來越可靠了。
原本就是個溫柔負責的小老闆，但最近有時會覺得他的背影看起來更寬闊可靠了。
經過折尾屋事件後，果然讓他有了莫大的轉變吧。
簡直就像大老闆一樣……
「啊！對了對了，銀次先生。之前大老闆要我保管一把鑰匙耶。」
我取出上頭繫著一條繩子、收在胸前的黑曜石鑰匙。
銀次先生認真地端詳在空中緩緩晃動的鑰匙。
「您說這把鑰匙嗎？」
「嗯嗯。大老闆最後一次來夕顏時告訴我，如果對他有什麼疑問，就去找出這把鑰匙能打開的東西。銀次先生，你知道是什麼嗎？」
「……不，我沒有任何印象耶。不過我認為應該可以在天神屋內找找看。既然是大老闆留下的東西，我想一定具有某些意義。」

正如銀次先生所說，我也不禁認為這把鑰匙必定有些特殊含義在。

大老闆他是否早就有所預料了呢？

預料到自己與天神屋將會迎接這樣的事態……

暫時先回到夕顏的我與銀次先生，順利地結束當天的營業後，一同集思廣益，討論空中飛船上要提供怎樣的輕食，以及品項該如何設計。

「欸，如果採取餐車販售形式怎麼樣？啊，意思就是用附帶調理設備的小貨車來提供飲食的攤販。菜色的部分則每日訂定不同主題來提供限定品項。比如說，一天專賣麵類、一天只提供丼飯料理，還可以賣……手工漢堡之類的。不過最後一項有點冒險。」

「啊啊！這主意聽起來不錯耶！以每日替換菜單的形式限定提供同種類菜色，烹調上感覺也省事不少。而且我認為漢堡在隱世的接受度並不全然是零喔。因為麵包最近在妖都那邊也普及起來了。使用葵小姐烤的麵包來做出和風口味的漢堡，光想像就很美味。而且最重要的是，漢堡感覺就很具有話題性。畢竟相較於地方居民，妖都內的妖怪更願意去嘗試新玩意兒或是從異界傳入的東西。」

銀次先生一邊在手帳上做筆記，一邊露出少年般雀躍的神情。

即使在這種狀況下，銀次先生依然維持一貫作風。

我也漸漸找回自己原有的步調。

「鬼門大地的『食火雞』也是絕對不可少的食材吧，做成照燒口味之類的漢堡，妖怪們一定也會喜歡的。還有……中間夾油炸的白肉魚也很好吃呢。」

「真不錯耶。難得有這個機會，飲品方面也希望能講究一點。」

「這個嘛，我想說如果使用天神屋的氣泡水來調配飲品的話應該不錯。不過現在是冬天呢。」

「這點您不用擔心。在這盛產氣泡水的鬼門大地，冬天也有飲用熱氣泡水的習慣。」

「……熱的氣泡水？」

我滿臉寫著問號。因為這東西我實在沒喝過。

「很好喝的唷。將蘋果汁、檸檬汁與蜂蜜加入溫熱的氣泡水中所調配的飲品，非常受到孩子們的喜愛。我個人也會拿酒來兌熱氣泡水喝。雖然氣泡感稍微弱一點，不過反過來說也變得比較順口，而且能暖身子。」

「哇～～這個我可能滿有興趣的。」

「要嘗嘗看嗎？氣泡熱飲。」

銀次先生隨即站起身，消失在櫃檯的內側。我往裡頭一探，發現他正翻找著櫃子，拿出一瓶鬼門大地氣泡水，還有土產店會賣的「小六冬產橘子汁」。

「今天就由我來為葵小姐調配一杯招牌氣泡熱飲吧。」

「真的嗎？好開心喔。」

我雀躍地看著銀次先生的製作過程。

他拿出一只小鍋子，倒入橘子汁後開火加熱，接著加入氣泡水與一匙蜂蜜，大致攪拌一下便完成。

做法相當簡單，完成了鍋煮的熱騰騰氣泡飲。

帶著橘子香氣的白煙令我的心開始躍動。銀次先生用湯勺盛起熱飲，倒入陶碗中。

「來，請用。今天發生太多事，想必您應該很累了，所以做點甜的請您嘗嘗。這是我一點點慰勞的心意。」

「……謝謝銀次先生。」

我想銀次先生一定比我還傷神。

然而他還是像這樣關心我的狀況。

我心懷感激地品嘗這碗氣泡熱飲。微弱的氣泡在溫熱的液體中輕輕迸裂，和一般冰涼刺喉的氣泡冷飲有著截然不同的口感。

碳酸的刺激感的確變得溫和許多，不過這種感受細緻的氣泡在舌尖上緩緩輕彈的感覺，也別有一番風味。

「很濃郁的甘甜風味呢。從體內深處感受到一股暖流……氣泡熱飲真不錯耶。」

「能合您的胃口真是太好了。」

「嗯，感覺思緒清楚多了。身體果然還是需要糖分呢。」

於是我們兩人便一邊喝著氣泡熱飲來溫暖身子，一邊討論在星華丸上要採取的營業方式。餐車販售、漢堡、氣泡熱飲……像這樣擬出大綱，各種靈感也就漸漸地湧現。

「雖然打從一開始就以餐車為前提來討論，不過我想這裡是隱世，所以還是適合傳統的攤販風格吧？何況也沒有貨車。賣漢堡的話，會不會跟攤販的氣氛有點不搭？」

「嗯……如果要營造出夜市或攤販風是很簡單，但我還是想試著挑戰現世風格的餐車。畢竟想製造一些驚奇感，吸引愛好新奇事物的妖都居民。您放心，我想車子應該不是問題喔。只要拜託地下工廠的砂樂博士，要弄到手或許並沒有想像中困難。好，這件事就交給我來處理吧。」

銀次先生都這麼乾脆地打包票了，那麼進行烹調與販售所需要的餐車設備，總之就先交給他負責了。

接著就來繼續設計菜單。

經過討論後，我們想把漢堡類菜單放在人潮最多的活動首日，不過快閃店的菜單採每日替換制，接下來的營業日要怎麼安排好呢？

「銀次先生，有件事想先確認一下。妖都那邊有什麼特產嗎？比方說我們這裡有食火雞；南方大地則有豐富海產、極赤牛跟芒果；北方大地則有乳製品對吧？類似這種的。」

我想來自妖都的客人應該也很多，如果能搭配當地特產是最好的。銀次先生沉思了一會兒後說：

「妖都是大都市，幾乎沒有畜牧業。而且因為位處內陸，所以也沒有發展漁業。不過妖都外圍的農村地帶自古以來就種植各種蔬菜，稱為『妖都蔬菜』，是妖都料理中不可或缺的食材。會運用在鍋類料理、醃漬物與宮廷料理等。」

「妖都蔬菜……哇，就好像京都有『京野菜』（註1）一樣呢。」

「還有，豆腐也是當地自古以來的食材，所以豆腐相關料理也非常多樣化。」

「啊啊，對耶。折尾屋那對雙胞胎也待過妖都的傳統料亭，他們說過最擅長的就是豆腐料理了。他們做的豆皮也真的很好吃呢。」

「啊……現在這麼一想才明白，他也是因為這樣才特別愛好豆腐吧……」

銀次先生不經意地呢喃了一句，似乎回想起什麼事。

「你在說誰？」

「咦？喔喔，我是在說會計長白夜先生。其實他也喜歡豆腐料理唷。好像也不令人意外，他看起來就像是會喜歡豆腐的類型吧。」

「是喔！不過你說得也對，感覺很有他的風格。」

白夜先生在來到天神屋之前，原本是妖都宮中的官員。

既然常常吃到妖都的豆腐料理，會喜歡豆腐也不難理解，而且最重要的是，豆腐本來就很像白夜先生會喜歡的食物。都很白。

「葵小姐的料理中最大的魅力，就是運用當地的食材創造出任何人都能接受的滋味，親切又平實。因此，請您盡情運用妖都蔬菜與豆腐來發揮吧。只要我們主動一點，對方或許也會有意願進一步向夕顏提出合作吧。」

「合作……」

「南方大地的折尾屋，目前提了許多合作案件過來。像是希望我們能利用現在新推出的酪梨，來做出一些接受度高的料理以提高知名度。如果談成的話，對方願意在合約期間內無限量免費提供食材給我們。」

「天啊！這合作案也太棒了吧！酪梨不論做漢堡或是沙拉都用得到，而且在隱世是珍貴食材耶！」

「是呀。交換條件就是希望我們註明食材來源是南方大地的特產。還順便拜託我們幫忙宣傳極赤牛。」

「……對方在宣傳這部分也算得很精明呢。」

聽說南方大地因為氣候溫暖，只要採行溫室栽培，酪梨在冬季也能大豐收。

然而卻因為對於酪梨適合入什麼菜毫無概念，所以未能成功推廣。

就在這時，這個合作的邀約找上出身自現世的我，實在令人感激。雖然天神屋和折尾屋有過

註1：專指在京都地區種植出來的傳統蔬菜，如九条蔥、賀茂茄子、聖護院蘿蔔等。

許多恩怨，但事過境遷後，感覺雙方的距離開始拉近了一些……

在這之後過了五天的時間。

我們利用夕顏營業時間的空檔，加緊腳步準備開設於星華丸上的快閃店。

星華丸飛行於日暮時分的晚霞之中。

沒錯，今天正是天神屋新型豪華遊覽飛船「星華丸」的首航之日。

「最重要的東西」已經在船上的甲板內準備就緒。

「哇～好酷喔！還真的是貨真價實的貨車耶。」

那正是夕顏飛船快閃店的主體——被命名為「夜鷹號」的餐車。

雖說本來就決定採行餐車販售，但我一直想像應該會是手推式攤車吧。沒想到銀次先生真的弄來了實體規格的貨車。

「現世的車輛在妖都這裡本來就很稀奇呢。果然還是真的貨車看起來氣派。」

「欸，銀次先生，這是從哪裡弄來的呀？」

「來自地下喔。我想起天神屋的地下倉庫裡有一輛舊貨車，是砂樂博士從現世帶回來的研究材料。經過他的許可後，才讓我們這樣使用。」

聽說地下工廠的砂樂博士與鐵鼠們還進行了改造，幫忙加裝簡單的調理設備。

車體採簡約的深藍色塗裝，搭配叼著白色夕顏花的黃色夜鷹圖案，側面則設計為販售區。硬加上去的紅色紙傘與點著鬼火的紅燈籠是整體設計中的亮點，為餐車增添了些許和風氛圍。現世的貨車搭配隱世的元素，讓整間店散發出頗為奇妙的存在感。而且還停放在濃濃和風味的飛船甲板上。

「呵呵～之前從現世帶回來的這輛二手貨車，還好沒丟掉，本來一直找不到用途，放在倉庫裡生灰塵呢～～」

據說為了改造貨車而整整兩天沒睡的砂樂博士，一邊替自己的長髮編起三股辮，一邊得意地說著。

「謝謝你，砂樂博士。這輛餐車太棒了，我想客人們一定會覺得很新鮮有趣！」

「這點小事不足掛齒啦，嬌妻大人。畢竟現在要齊心協力找出大老闆的下落才行呀。所以大功告成的我要先睡啦，晚安～～呼～～」

砂樂博士當場應聲倒地，開始發出呼呼的鼾聲。

穿著連身工作服的鐵鼠們把睡死的博士裹上棉被，直接扛著他下船。

這一幕還真是充滿吐嘈點，不過砂樂博士生性自由也不是一、兩天的事，就先算了吧。

「那麼葵小姐，祝福您的夜鷹號營業順利，生意興隆。」

「嗯嗯，銀次先生，交給我吧。」

在日落的那一刻，天神屋的房客們開始上船。冬季規格的空中飛船拖曳著金、銀兩色的鬼火，啟航前往妖都。

銀次先生要鎮守天神屋，而我要在這輛「夜鷹號」上努力。

今晚要為妖怪們端上美味的漢堡料理。

甲板區因為有金銀鬼火飄浮的關係，所以並沒有想像中寒冷。

這裡還設了好幾塊架高的榻榻米休息區，供乘客自由休憩。可以邊在此享用輕食或美酒，邊呼吸外頭的新鮮空氣，並好好觀賞星空與夜景。

「歡迎光臨～歡迎光臨～來嘗嘗好吃的現世漢堡喔～～」

負責打雜的小鬼們舉起寫著「夕顏飛船快閃店・夜鷹號」的看板，在甲板上來回往返。

他們負責的工作就是幫我叫賣漢堡。

而我則待在餐車內部，按照外場的小愛所接到的訂單內容，勤快地製作著。

今天主要提供的餐點有以下三種。

《一》「夕顏炸雞堡」

以食火雞肉製成，微辣多汁的炸雞塊搭配口感爽脆的高麗菜絲，一起夾入麵包中。

《二》「天神鮮魚堡」

使用龍田炸雞的調味風格來處理白肉魚，油炸後搭配滿滿的塔塔醬一起夾入麵包中，再擠上檸檬汁增添清爽風味。

《三》「夜鷹號起司堡」

漢堡的經典首選口味。選用極赤牛肉製成分量滿點的肉餅，搭配厚片酪梨、番茄與產自北方大地的新鮮起司夾入麵包中。

用來夾住餡料的麵包則是預先在夕顏烤好的漢堡圓麵包，口感相當輕盈鬆軟。

從外場接到訂單之後，我先將切開的麵包剖半稍微烘烤出香味，再接著製作漢堡。漢堡還是拿著吃最過癮，所以最後使用這次臨時訂製的專用包裝紙將成品包起來，請客人用手拿著大口大口享用。

餐點的購買方式比照現世的漢堡店，除了單點外，若選擇搭配套餐就會附上薯條或炸洋蔥圈、酪梨鮮蝦杯裝沙拉三選一。另外也可在餐車隔壁的酒水攤以優惠價加購飲品。

隔壁的酒水攤是由對酒類特別有研究的蜥蜴夫婦負責，他們是酒鋪的第二代，店裡與天神屋本來就有往來。這次與我們攜手合作，老早之前就準備好要在船上販售的品項。

除了隔壁提供的酒類飲品外，還有一般的冰果汁、熱茶與推薦的溫熱氣泡飲和甜酒。

另外，由於有些妖怪主要是來小酌一杯，只想配點下酒菜，為了服務這類客人，餐車還提供現炸雞塊、龍田風味酥炸白肉魚以及毛豆等單品料理。

「葵大人，夕顏一、天神一還有夜鷹二喔～～」

「收到了～小愛。」

不過話說回來，以速度取勝的餐車式販售還真是折騰人。平常有銀次先生一起幫忙，但這次他全權負責管理天神屋，無法過來協助夕顏的生意。

還好小愛已經是個能幹可靠的工作搭檔，勉強還能應付客潮。

負責將製作完畢的餐點拿給客人的小鬼，以及被分配來這裡幫忙的女服務員們，全都穿著與夜鷹號一樣的深藍色和服，朝氣十足地幫忙服務客人。

由於今天是啟航首日，人潮本來就比較熱鬧。再加上夕顏快閃店提供的漢堡料理帶有強烈的現世風格，讓許多乘客都興致勃勃地過來光顧。

其中似乎以口味最經典的夜鷹號起司堡最受到眾人的歡迎。

「呼……總算能喘口氣。」

「還不能休息喔，葵大人，現在開始，星華丸會在妖都上空滯留一段時間。待會兒妖都的貴族們就會一擁而上，享受船上的設施與服務了。」

「啊……對耶，我都忘了，小愛。」

原本想趁消化完排隊人潮後稍微休息一下，但正如小愛所說，在這之後出現了許多來自妖都的客人，搭乘小船光臨星華丸。

這些妖怪全都看起來雍容華貴，渾身散發著珠光寶氣。

我為了製作漢堡而忙得暈頭轉向，剛才的忙碌跟現在比起來已經不算什麼了。

我彷彿已成為漢堡製造機，一個勁地生產著。

結束最後點餐時間，我在夜鷹號裡頭轉動著僵硬的肩膀與頸子。接下來繼續在妖都停留個一小時之後，這艘星華丸就要返航回到天神屋了。

時間已經來到午夜十二點。

「呼～收工收工。」

「那個～葵大人～」

就在此時，小愛戳了戳累癱的我的肩膀，偷偷摸摸地湊過來說：

「已經超過最後點餐的時間了，不過外頭有個客人上門。要婉拒他嗎？」

「咦？」

我抬起頭一看，發現櫃檯外有個男性顧客，孤伶伶地站在那兒。

他的打扮看起來有點詭異。外褂裡穿得厚厚的，脖子上圍著圍巾，頭戴黑帽，臉上戴著黑黑的墨鏡還有一副大口罩，不知是不是感冒。

我完全看不出來對方到底是哪種妖怪。既然喬裝得這麼明顯，乾脆直接戴上妖怪常用的面具遮住臉不就好了……

「不好意思，請問現在不接受點餐了嗎？」

他的聲音相當年輕，隔著口罩也很嘹亮又清透。

「沒問題喔，請問要來點什麼？」

我帶著笑容直接出來服務他，反正食材還有剩。

對方看了看菜單之後，微微歪頭疑惑地說：

「我聽說在這裡能吃到新奇的料理，所以抓緊空檔跑來一趟。嗯哼……這些食物果然怎麼看都非常奇特。『漢堡』……這究竟是什麼樣的料理呢？」

「在隱世這裡，漢堡這料理看起來或許的確很不可思議呢。請問您知道麵包這種食物嗎？」

「嗯，以前曾經試吃過紅豆麵包。」

「其實漢堡就類似麵包，不過跟紅豆麵包的差異在於，漢堡裡的內餡是鹹配料。也就是麵包夾上肉跟蔬菜。」

我向他介紹三種漢堡的特色。

「『夕顏炸雞堡』是選用鬼門大地的食火雞肉炸成酥脆雞塊，表皮裹上微辣的醬油口味醬汁，搭配高麗菜絲夾入麵包中，吃起來分量感十足。由於是偏和風的調味，大多數偏好基本款調味的男性顧客都會傾向點這道。」

「嗯。」

「這邊的『天神鮮魚堡』則是夾了酥炸白肉魚的漢堡。龍田風味炸物獨有的酥脆麵衣，搭配裡頭白肉魚的軟綿口感，是令人無法招架的美味。大量加上使用現世的調味料『美乃滋』與雞蛋做成的塔塔醬後夾入麵包中，再擠上檸檬汁，增添清爽的口感。有些客人嘗過之後還會再來回購，當成土產帶回家。」

全身包得緊緊的客人摸著下巴發出「嗯哼」的聲音，同時認真地聽著我的介紹。

「最後的『夜鷹號起司堡』應該算是最接近現世的口味，也是最正統的漢堡。選用極赤牛肉做成肉餅，搭配產自南方大地的酪梨與北方大地的起司，一起用麵包夾起來。調味則使用了手工自製的番茄醬。」

「我知道起司，聽說最近在妖都貴族之間也相當受歡迎。」

「嗯嗯。據說添加了起司的料理與點心，在妖都正蔚為流行呢。天神屋也推出名為『地獄饅頭』的土產，是起司口味的甜饅頭。」

「地獄饅頭……之前收到貢禮時我有吃過。」

「咦！您有吃過嗎？請問覺得好吃嗎？」

「咦！呃，嗯嗯……」

我一股勁地逼問對方，於是他一邊點點頭，一邊往後退了幾步。

其實呀，那就是我親自研發的喔……嘻嘻嘻。

「那麼，請問您要點哪種漢堡呢？」

「哪一種最新奇時髦呢？」

「呃，這個嘛……那我可能會推薦您這款夜鷹號起司堡吧。我是不清楚這算不算時髦，不過確實有點夏威夷風情。」

「那我就選這個吧。」

等待餐點完成的空檔，這位客人就坐在離餐車最近的客席上，蜷縮著背部愣愣地仰望夜空。

總覺得他看起來似乎有些疲憊，是剛下班的關係嗎？

在甲板上用餐的人潮幾乎已經全數散去，所有人不是與情人或家人一同欣賞夜景，就是已經在享受船上的娛樂設施。

唯獨這位客人還是一個人孤伶伶地坐在這，於是我將做好的起司堡裝進竹籃，還附贈一點薯條跟洋蔥圈，並且從隔壁酒水攤領了熱的蘋果薑汁氣泡飲後，便趕緊端到客人面前。

「讓您久等了。」

「喔喔，謝了。」

「您剛下班嗎？這杯氣泡熱飲加了蘋果與薑熬煮而成，我想應該能有效舒緩身體疲勞喔。」

客人首先認真地端詳茶碗內的氣泡熱飲，然後大口喝下一口。

氣泡熱飲溫和的刺激感喝起來很舒服，不但能享受濃郁的蘋果香氣與甜味，薑汁還有暖和身子的功效。

「呼……總覺得這滋味令人心情放鬆呢。」

「呵呵，我想下班後飲用應該更有效。最近這五天以來，我每晚也會喝氣泡熱飲喔。」

隨後，這位客人拿起起司堡。

看他不知道該如何處置外頭的包裝紙，於是我替他打開，示範該怎麼拿漢堡。

由於他猶豫著不敢大口咬下，我便指向在餐車內的小愛，請他看看那拿著夾了剩餘食材漢堡大快朵頤的豪邁架式。接著我告訴他：「漢堡就是這樣吃的。」

於是那位客人像是下定決心似地摘下口罩，把嘴張得大大的，朝漢堡一咬。

「……好吃。」

吃了一口的他，語氣中充滿驚訝，卻又似乎帶著一股放心感。

「若是這樣的餐點，他應該也會願意吃吧……」

「咦？」

……「他」？

雖然不明白話中之意，不過他接著大口大口享用漢堡，完全沉浸於美味之中。

用鹽與胡椒調味過的肉餅多汁又夠味，佐上保留濃醇奶香的融化起司，正是最經典的漢堡。

漢堡這種食物雖然身為最具代表性的垃圾食物，但卻擁有罪大惡極的成癮性美味，令人嘗過一次之後就再也無法忘懷。

「這切成厚片夾入其中的柔軟綠色蔬菜……是稱為酪梨嗎？口感和滋味都很令人驚奇呢。明明風味很濃醇，卻又帶著蔬菜的鮮嫩，讓肉餡與起司的味道變得更加溫潤了。」

「嗯嗯，酪梨吃起來濃厚又滑順，其實是營養豐富的一種蔬菜，甚至有『森林裡的奶油』這樣的美名。」

「哦？這在妖都也沒嘗過甚至沒見過呢。是從哪邊弄來的？」

「啊，這是來自南方大地的蔬菜喔！」

我此刻才猛然想起還有這回事，開始宣傳起南方大地的特產。接著我從夜鷹號裡拿了整顆酪梨果實給他看看。他摸著這顆外皮粗糙的深綠色球狀物體細細觀察，似乎相當好奇。

「這樣啊……確實美味，而且這次的用餐體驗讓我感覺相當好。平常生活充滿各種拘束，沒什麼自由可言。這段短暫的時光讓我能一時忘卻那些瑣事，是非常難得的經驗。」

「您果然是微服出巡的貴人嗎？」

「嗯，差不多類似那樣吧。」

這位客人的真實身分……應該是個顯貴的大人物吧？

品嘗漢堡與薯條時依然能保持優雅姿態，而且最重要的是那清透嘹亮的聲音與語氣之中都散發出高雅氣質。

「謝謝妳，姑娘。真沒想到能讓傳說中的天神屋鬼妻直接為我上菜。」

「咦？你知道我是誰？」

「當然。每天打開妖都新聞報，都能看見『津場木葵』的名字。」

「我、我到底被寫了一些什麼報導啊……」

看著我一臉鐵青，對方一瞬間露出了呆愣的表情，然後噗嗤一聲笑了出來。

隨後卻又不知怎麼地垂下肩膀說：

「雖然世人都關注妳的活躍表現，但這種關注有時反讓人喘不過氣。名人不好當，畢竟無法避免遭受流言蜚語。」

他彷彿深有同感地嘆了一口氣，隨後從客席站起身。

「這隻夜鷹會在此處停留到何時？」

「咦？這個呢……預定在這裡營業五天。接下來還會推出其他新奇的現世料理，有興趣的話請務必光臨。」

我從餐車櫃檯拿了傳單過來遞給他，上頭記載著夜鷹號在飛船夜航期間會營業的日期。

他將傳單折起後收進外褂內的口袋。

接著摘下墨鏡與帽子，對我深深低頭致意。

「那麼下次再見了，夜鷹的姑娘。」

在他抬起臉龐的瞬間，我不由自主地發出「哇……」的驚呼聲。

他的雙眸之中浮現同心圓的圖案，而且有一頭從淡粉轉至紫色的漸層髮色。

從他的喬裝造型根本無法想像，他是個外型如此奇特的妖怪。

「啊啊，得趕緊回去了！」

他急忙整理好變裝造型，倉促地回到自己的小型飛船內，離開了星華丸。

過了一會兒之後，我盤起雙臂發出低喃聲，陷入沉思之中。

「總覺得我曾在哪裡見過他，卻完全想不起來。」

那麼特殊的眼睛與髮色，我應該不可能忘記才對。

乘客們的小型飛船紛紛朝地面出發。

「……真壯觀的景色，滿天都是光芒。」

我遠望著成群的船隻光點與妖都的摩天高樓共同交織出的夜景，思考著大老闆會不會正在這個巨大都市的某一處。

遲遲沒回天神屋的他，行蹤成謎。

雖然有白夜先生幫忙在妖都收集情報，但我還是很擔心。

「大老闆……不知道有沒有好好吃飯。」

下次見面時，如果他正餓著肚子，我該準備什麼菜色招待他？

就連他喜歡的料理我都還沒能摸透。

在上一次見面之後，感覺已經好久沒看見那張臉了。

「葵大人，別在那發呆了，請來幫幫我進行收拾工作呀～」

「啊～～抱歉抱歉，小愛。」

我竟被能幹的小愛訓了一頓。

就在我趕緊回到夜鷹號的這一刻——

「葵殿下。」餐車背後突然傳來佐助的呼喚聲，我急急忙忙繞往後面。

佐助靜悄悄地佇立著，整個人融入黑暗中。

「會計長殿下傳令過來，要請您直接降落妖都是也。」

「……咦？直接？現在嗎？呃，哇！」

佐助用忍者般敏捷的身手抱起了我，就這樣一陣風似地把我帶入小型飛船。那是一艘祕密出巡專用的飛船，上頭沒有天神屋的家徽。

「佐、佐助？」

「會計長殿下吩咐，要我們混在離場的人潮之中，以避免行跡曝光是也。在下將直接帶您前往妖都中心市區。」

「咦咦咦咦？」

「噓！請您安靜點。葵殿下的嗓門有時候就是大得令人受不了……」

佐助若無其事地說著我的壞話，並催促我往船艙內移動。他警戒地從緊閉的窗戶觀察著外部狀況。

「葵大人～葵大人真是的～～」

結果把小愛一個人留在原地了，而且她的聲音聽起來似乎認為我又在摸魚而氣呼呼的。那副大嗓門跟某人真像……

「沒事的，我已經請其他庭園師向小愛殿下說明此事是也。而且她也需要假扮成葵殿下的模樣，回到天神屋去。」

「這意思是說……難不成她要當我的替身？這樣小愛不會有危險嗎？」

「這次的確要請小愛殿下製造出您在天神屋的假象，不過已為她安排多名護衛是也。我想離開天神屋的您還比較危險。」

「這、這樣啊……不知道到底要我做什麼。」

「那麼葵殿下，我們要出發了是也。」

我們所搭乘的小型飛船混在離去的船隻裡，宛如深深被妖都的摩天高樓吸入般，與夜色融為一體。

「哇……」

雖然早就從高空眺望過，但眼前的景色完全是另一個層級。

這座巨大的都市中，樹立著好幾座往天空堆疊而上的高塔。

鬼門大地的銀天街雖然也很熱鬧，但遠遠不及這裡的繁華。

以前和大老闆一起來訪妖都時，只有在妖都王宮外圍的城鎮晃晃而已，沒有來到這麼中心的區域。也正因為如此，才深深被這樣的規模所震懾。

外觀類似摩天大廈的高聳建築物緊密地並鄰，包圍著中央宮殿。

飛船穿入高樓之間的縫隙，視線中的天空隨即變得遙不可及，並且讓人產生被某種莫大的存在籠罩的錯覺。

「佐助，我們要去哪啊？」

「縫陰家的宅邸。」

「縫、縫陰家？」

「噓！」

我又不小心大呼小叫起來，於是自己伸手摀住了嘴。

「目前妖都宮內的關係人士之中，願意協助我們的就是縫陰殿下與律子夫人了。雖然即使得到那兩位大人的協助，仍無法改變我們處於劣勢的事實……」

佐助臉上的表情比以往還多了些緊張感。

身為庭園長，同時也是佐助父親的才藏先生目前也下落不明，讓佐助這陣子總是像這樣格外繃緊神經。

「我被叫來縫陰家的目的是什麼？」

「對方似乎有一些事情想委託葵殿下您盡早協助解決是也。看來他們也有他們的苦衷……啊，接下來要急速降落是也，請牢牢抓緊在下了。」

「有事情要我協助解決？……呃，哇啊啊！」

就在我還搞不清楚狀況時，船身突然直直往下急速降落。

突然來襲的這股騰空感，對心臟真的很不好。

我緊緊抓住隔壁佐助脖子上的圍巾，忍耐著下墜的感覺，害佐助不時痛苦地呻吟：「要、要無法呼吸了是也。」

「葵殿下、葵殿下，已經抵達目的地是也。」

肩膀被佐助搖來晃去，我睜開雙眼。

「這裡是……」

我望向窗外，確認目前空中飛船緩緩前進的地方。

這裡是一片設置在高樓建物屋頂的庭園，鋪著白色的碎礫石，還種有松樹。白色的小碎石就像打上沙灘的浪，飛船彷彿在海上前進。

我們將飛船駛進庭園內附設的泊船場，並降落於此地。

每當我前進一步，白色砂礫便發出沙沙聲響，並且從我的腳下描繪出波紋，散發微弱的光芒。

這座碎石庭園真神奇，同時也讓我覺得充滿隱世風情。

只不過這地方安靜得令人覺得奇怪……

「是因為這裡是附近一帶最高的大樓屋頂嗎？」

不過底下繁華熱鬧的燈火與街景能清楚地盡收眼底，卻完全聽不見喧囂聲，這種感覺還真是不可思議。也許這裡張設了妖怪的結界之類的東西。

庭園的深處靜靜佇立著一間氣派的平房。連接平房與庭園的外廊地面上則立著照明的燈籠，裡頭的鬼火散發出曖曖光芒。這些燈籠似乎指引著我們前往目的地。

一位人類女性正坐在緣廊上，露出和藹的笑容。

「律子夫人！」

我不假思索地跑上前去。

踩著腳下的碎石礫，我的腳步似乎不聽使喚地朝她奔去。

她是我的恩人，同時也是跟我一樣出身自現世的人類。

「晚安，葵小姐。上次見面已經是夏天的事了呢。」

「是呀，晚安！律子夫人！」

這是一場令人欣喜無比的重逢。

令我忍不住在這個靜謐的地方，扯開大嗓門問候她。

律子夫人膝上抱著一隻黑色烏龜，她伸手撫摸著龜殼。驚人的是那隻烏龜的殼上鑲著色彩繽紛的寶石，那似乎也是隱世的一種妖怪。

「我從白夜先生口中得知天神屋的現況了，邀妳前來的正是我本人。」

「請問，我聽說您有些急事需要幫忙，想找我商量……」

「沒錯，正是如此。因為能解決這事件的人，想必只有妳了。」

一陣冷風突然吹起。我回頭一望，發現佐助已經不見蹤影。我所乘坐而來的小型飛船還在原地，不過佐助還有密探工作在身，已經趁著夜色消失無蹤了吧。

「呵呵，佐助先生可是很忙碌的，畢竟得奉白夜先生之命進行各種任務。妳一個人留下應該有點不安吧，不過接下來我將會說明事情原委，請先進來吧。」

「好、好的，那麼就容我打擾了。」

在律子夫人勸說之下，我脫掉腳上的木屐，踏上緣廊。跟隨她的腳步，我們穿越了緣廊。

接著在途中轉往連接通道，再進入室內的走廊。一路所行經的路線上都飄著許多小小的妖火，清楚地指引出前進方向，相當便利。

走廊的盡頭處似乎有一間點著燈火的房間。

「就是這裡喔。」

律子夫人又再度催促我進房。裡頭是一間充滿傳統民宅風情的房間，並且設有地爐，所以相當暖和。

地爐裡還有一鍋正煮得冒泡的鍋類料理，那迷人的香氣令我忍不住嗅了嗅。究竟是什麼料理呀？

「哇，鍋子裡擺了滿滿的水菜，看起來好美味。」

我脫口而出的話語完全透露出對眼前鍋物料理的好奇心。

雖然馬上回過神來掩住了自己的嘴，但為時已晚。律子夫人輕輕發出了笑聲。

「呵呵，畢竟葵小姐才剛下工。我想妳或許會有點餓，所以準備了水炊雞肉鍋喔。」

「水、水炊雞肉鍋？」

「嗯嗯，使用雞肉與水菜燉煮而成的鍋類料理。雞肉鍋是妖都名菜之一，加入大量水菜一起煮是妖都這裡的特色。我請廚房準備了這一鍋佳餚，請妳務必嘗嘗。」

還等不及律子夫人說完，我的肚子已經放鬆地咕嚕作響。

就算再怎麼餓，在貴夫人面前這樣成何體統。

雖然跟律子夫人已是熟識關係，但對方可是嫁入隱世王室的人物啊。

「非常抱歉，律子夫人。從剛才就失禮連連……」

「噢呵呵，沒關係的喔。俗話不是說空腹是最佳的調味料嗎？妳能盡情享用，也正合我意呀。」

「不好意思，讓您費心了。謝謝您專程為我準備這些。」

我深深低頭答謝，下一秒整個人被地爐上的料理所吸引，身體很老實地在坐墊上就座。我目不轉睛地盯著眼前煮得入味的火鍋，本性畢露。

水炊雞肉鍋、水炊雞肉鍋……用雞肉熬出高湯所煮成的火鍋料理。

這道料理在現世是博多與京都地區的名菜，深受大家的喜愛，也是每到冬天少不了的鍋物料理之一。

呈現濁白色的湯頭富含雞骨熬煮後釋放出的鮮甜，再搭配大量的冬季盛產蔬菜與帶骨雞肉，燉煮到入味。

幾乎完全覆蓋火鍋表面的大量水菜，根本就是令人無法招架的誘惑。

眼見律子夫人似乎打算替我裝碗，我便急忙開口：「我自己來就好。」結果她堅持：「不行啦，交給我來幫妳服務。」拒絕讓我動手。她死不肯將碗與湯勺讓給我。

我、我竟然讓妖王家的夫人這樣服侍我……

以我的立場雖然冷汗直流，但是看律子夫人幹勁十足，於是最後還是交給她來。

她一邊將火鍋料盛入碗內，一邊替我介紹起妖都這裡產的蔬菜。

「妖都有許多以蔬菜為主的料理，自古以來就有攝取豐富蔬菜的習慣。因為妖都外圍擁有占地廣闊的農田。」

「水菜也是妖都蔬菜的一種嗎？」

「嗯，沒錯。水菜是具有代表性的妖都蔬菜之一，稱為『四寶水菜』。其他還有『南陽洋蔥』、『西卷胡蘿蔔』、『東花海老芋』與『北樂白蘿蔔』等。以妖都為中心，冠上東南西北各方位的這些蔬菜也都頗負盛名。這些妖都蔬菜都是栽種歷史悠久的高級品牌，而近年來利用水質純淨的地下水來栽培的品種也具有很高的人氣呢。例如採行地底栽培的『地千山葵』之類的。」

「哇……這個話題我非常感興趣耶。」

「對吧？呵呵，我就知道依照葵小姐的性格，一定會聽得津津有味，所以我事也先做過一番功課。」

律子夫人將裝滿火鍋料的碗遞給我，同時露出可人的微笑。

她還是跟以前一樣，個性溫婉穩重，待人親和，是個舉手投足之間散發高雅氣質的淑女。

「這道水炊雞肉鍋裡頭，也加了剛才介紹的西巻胡蘿蔔與北樂白蘿蔔這兩樣食材喔。」

「我、我、我開動了！」

「只是吃頓飯，這麼緊張怎麼行。」

雖然被律子夫人吐嘈了，不過我還是開始品嘗起眼前的水炊雞肉鍋。首先不加任何調味料，試試看原味。

我先嘗了一口湯頭。

看起來雖然是濃濁的白色，喝起來卻比想像中來得爽口許多，同時又能感受到濃醇的鮮甜。真是相當高雅又精粹的滋味。

湯頭中燉煮得入味的雞肉口感相當Q彈，越咀嚼越有味。不過，讓我更為驚豔的是水菜。

一開始高高堆在表面，存在感強烈得詭異的水菜，現在也已經煮至柔軟，融合於鍋中。這水菜鮮嫩又飽含水分的滋味，令我驚為天人。

明明已經煮得入味，仍保留著爽脆口感，有股明顯卻又討喜的菜味。水菜本身呈現細長條狀，因此能確實吸附雞骨湯頭的美味，一起送入口中。

這的確是最能襯托雞肉鍋的一種蔬菜了。

「……原來水菜是如此美味。」

我不由自主地發出讚嘆。

至今也嘗過許多好吃的水菜料理，但這或許是我第一次受到如此大的味覺衝擊。

「這就是妖都蔬菜的厲害之處。從隱世最大運河『大甘露川』引用水源來灌溉，栽培出凝聚濃厚靈力又鮮甜的這些蔬菜，全是農家努力過後的結晶。據說貴族的千金小姐們從小就被教育多吃妖都蔬菜能變漂亮，平常都是攝取這些飲食長大的喔。呵呵，不過多吃蔬菜的確能養顏美容呀。」

「嗯嗯，攝取健康的飲食也是一件好事呢。」

接著我用爽口的柑桔醋調味，試試味道如何。

由於律子夫人還幫我盛了切塊的豆腐，我便沒多想什麼，直接夾起來入口。

「哇……」

太驚人了。這豆腐是口感紮實的那種，而且充滿濃醇的大豆香。

由於我一直使用滑順好入口的絹豆腐與濃醇軟嫩的木棉豆腐來料理，所以這樣的口感對我而言相當久違。

是令人懷念的古早味硬豆腐。

充滿手工溫度的紮實豆腐，讓我的內心不禁一陣雀躍。

「這是妖都這裡傳統的都岩豆腐。最近很難吃到這種口感紮實偏硬的豆腐了，但這可是我的最愛。總覺得會產生一種懷舊的心情呢。如果不合葵小姐的胃口，也只能先跟妳說聲不好意思了。」

「不、不會的！最近的確很難買到這類型的豆腐，我也覺得有點懷念！」

「葵小姐也吃過硬豆腐？年紀輕輕的真稀奇耶。」

「因為我爺爺生前很喜歡。他就愛這種紮實又沉甸甸的硬豆腐，甚至老是抱怨超級市場賣的那種豆腐才不是真豆腐。所以他會專程跑去在地的豆腐舖買硬豆腐回來。」

「哎呀！妳說那位津場木史郎嗎？」

律子夫人合起雙掌，露出喜悅的笑容。

對她而言，我的祖父——津場木史郎是傳奇故事中的反派英雄。

「對我來說，他只是個任性又頑固的老頭子囉。而且嘴巴真的很挑……連調味方式也要一一計較，真受不了他。」

「這才稱得上是津場木史郎呀。就我的想像，他不可能是個單純的好人。但是我相信他一定是位充滿魅力的人物。」

「呃，啊哈哈……」

也是啦，爺爺好歹是個名聲響徹隱世的人類，大概擁有吸引眾人的某種特質吧，無論這算是優點還是缺點。

我又繼續把硬豆腐與熟透的蔬菜吹涼，然後大口享用。

水炊雞肉鍋真是美味啊。鍋裡搭配的西卷胡蘿蔔與北樂白蘿蔔都切成薄片，能縮短熟透的時間，吃起來充滿明顯的鮮甜味，深深沁入疲憊的體內。

真希望自己也能煮出這麼美味的雞肉鍋啊。

這種料理看似簡單，鑽研之後才發現需要高超的技巧。要煮出這麼精粹的美味，對我來說似乎有些難度。

不過，要是能在夕顏推出這道菜色，感覺客人們應該會開心吧。而且選用食火雞肉來做感覺也很搭。

這樣大老闆會不會也願意到夕顏嘗嘗呢？

總覺得他會喜歡水炊雞肉鍋這道料理。

想到這，我總算回想起自己來到律子夫人家的目的。

美味的火鍋也漸漸變得難以下嚥了。

「我、我怎麼能在這裡吃起好料來了，明明連大老闆現在是否餓著都不知道。」

「好了好了，葵小姐。」

律子夫人發現我的情緒變化之後皺起眉頭。

「我明白妳很掛念天神屋大老闆的狀況，但不用這麼焦急地慌了手腳。妳要先顧好自己，填飽肚子並且充分休息。」

「不、不行啦，律子夫人。我必須有所行動。白夜先生跟銀次先生他們都說了，我的料理能為大老闆的事件找出解決的出口……可是這次我不覺得自己能幫上任何忙，心裡一直七上八下的。明知必須設法把大老闆救回來，而且必須保護天神屋不受雷獸威脅，讓大老闆有個能回來的地方才行啊。」

「……葵小姐。」

「難道說，您對於大老闆這次的事件有打聽到什麼嗎？如果有的話，請您告訴我！」

律子夫人對於我的反應愣了一會兒。

隨後她伸手撫上臉頰，放心地吐了一口氣。

「葵小姐……看來妳對那位鬼神所抱持的情感，有了一些轉變呢。」

「咦？這、這是因為……」

「第一次遇見妳時，從談話之中還以為妳是位情竇未開的小姐。」

「所、所以我就說，呃，我並沒有那樣的意思……」

我的眼睛慌張地打轉著，正在思考要用什麼理由搪塞。然而律子夫人一副一切了然於心的表情回應我：「沒關係，不用否認了。」

「我一開始也像妳一樣，連這究竟算不算愛情都不明白，心裡總是很煩悶。這次妳在追查天神屋那位大老闆下落的同時，似乎會有必要確認一下自己的心意。我有一種預感，妳這次所下的決斷將會左右某些事情。」

「……我所下的決斷？」
「對。愛情這東西，會讓人一度變得莫名軟弱；但是在接受並克服之後，戀慕一個人的這份感情將會為妳帶來莫大的力量——我是如此認為的。」
「……」
這番話十足震撼了我。這股衝擊伴隨著無聲的動搖，深深殘留在我的內心深處。
「那麼，就讓我來告訴妳，我所知範圍內的事情吧。」
律子夫人突然一改原本甜美可人的貴婦氛圍。
她的眼神已轉變為在宮廷之中歷經風雨的堅強女性。
「葵小姐，妳接下來將會面對龐大的『勢力』而陷入苦惱吧。妳越是渴望守護並幫助天神屋大老闆，將會讓自己陷入越痛苦的折磨。即使如此……妳還是願意聽聽我接下來想告訴妳的事實嗎？」
律子夫人的表情相當嚴肅，同時卻又隱約帶著擔憂。
想必她一定深知那股「勢力」的可怕。
「嗯嗯，拜託您了，律子夫人。」
而我再度直直凝望她，堅定地回答。我的答案沒有任何一絲猶豫。
「天神屋大老闆為何會消聲匿跡，對外並沒有公開其中的原因，其實他目前正被妖王大人囚禁於牢獄之中。」

「……咦？」

為什麼大老闆會被囚禁？

一股不安的騷動湧上胸口。我硬是吞了回去，靜靜地等待律子夫人說下去。

「我當時並不在現場，不過根據獲得的情報，大老闆似乎是在妖王大人的面前，被雷獸揭穿真面目。」

「真面目……？」

「對。以妖怪來說，就是『真實樣貌』曝光了。」

大老闆的真實樣貌……？

「雷獸是運用何種手段使大老闆那樣的高等大妖怪現出原形，這點目前尚未查明。但對於以幻化姿態生活的妖怪來說，沒有什麼事情比真面目被揭穿還更可怕了。不管怎麼說，大老闆的『真實樣貌』在隱世一直以來是重大禁忌。因此他才被關入獄中。」

「請、請先等一下。一下真實……一下禁忌的，到底指的是什麼？大老闆他究竟……」

究竟，什麼才是真實的他？

大老闆先前對我說過的那番話，此時突然浮現於腦海中。

『當妳認識了真正的我之後，會變得多討厭我……』

他曾經露出反常的態度，對我吐露出這樣的不安。

那正好是他離開天神屋前最後一次來到夕顏時的事情。

我現在連剛才吃得津津有味的雞肉鍋有多美味都忘了，不知道該如何理解剛才聽見的事實。我徹底陷入困惑之中。

「到底為什麼會演變成這樣的狀況？大老闆又不是幹了什麼壞事，只不過真面目曝光而已，竟然會落得入獄的下場。」

吐出這番疑問已經是我的極限。即使得知了原委，還是覺得哪裡不太對。

「因為妳身為人類，所以對於妖怪的一般常識、情理與判斷事物的基準，當然會覺得無法理解吧。」

律子夫人的話語讓我緩緩抬起了臉。

「過去的我也曾跟妳一樣，覺得很多事情根本不合理、無法置信。但若是屈服於此的話，那就完了。」

她堅定地說，恐怕是因為一部分也出自她的經驗談。

我緊握住擱在膝上的雙手，微微點頭。

「這件事不只關乎天神屋大老闆個人今後的去留，其中更牽涉到非常複雜的歷史與政治問題。畢竟目前主張廢止八葉制度的聲音在宮中越來越大。」

「關於這件事……我前一陣子略有耳聞。」

還聽說了春日會嫁入北方大地的原因，也脫離不了這件事。

八葉制度，所謂的八葉究竟是什麼身分？

「首先呢……雖然沒有直接關連，不過讓我從隱世這地方的歷史說起吧。葵小姐與我同為來自現世的人類，對於隱世歷史以及與其相連的其他異界之存在，若能有些初步的認識，也絕對有益無害。」

律子夫人沉思了一會兒，猶豫著該從哪裡開始說起。接著她問我：

「葵小姐知道除了現世與隱世之外，還有其他世界的存在嗎？」

「嗯。我聽說不只有現世跟隱世，還有常世、高天原與地獄等異界，透過境界石門相連接。鬼門大地那裡的石門以一星期為循環，每日開放通往不同的異界。」

「對，沒有錯。對隱世而言，關係較密切的異界有垂直相連的『現世』與平行相連的『常世』。而相較於這兩個世界，隱世其實是一塊非常小的地方。葵小姐有察覺到這一點嗎？」

「呃，嗯嗯。我有覺得整體應該比現世來得小。」

畢竟搭乘空中飛船到妖都只需要約兩小時的時間，若是高速飛船還更快。

論面積，隱世這個世界應該遠遠小於日本國土吧。

若以整個地球的規模來看，日本也才不過一小塊而已。

「用日本來類比的話，隱世這地方不過跟九州差不多大而已。甚至有一說認為，隱世其實是隸屬於常世的一座離島。追根溯源，隱世的居民被認為是遠古時代從常世跨越黑海而來的妖怪。」

「黑海嗎……」

我回想起過往的情景，我想我曾經目睹過那裡。

那是過去在折尾屋舉辦儀式時，擺席招待海坊主的那一次。

我透過那位海坊主看見了位於南方大地海域彼端盡頭的那片「黑海」。

那是一片充滿孤寂與悲傷的地方。

「而南方大地的儀式，目的也正是在於驅除傳說中存在於常世與隱世間，自黑海漂流而來的不淨之物。因為南方大地是距離常世最近的一片土地。為什麼要告訴妳這些？簡單來說，我是想說明隱世其實還是個未成熟的新世界。」

目前為止的內容還算能理解，我頻頻點了點頭。

「那麼，接下來進入正題吧。八葉這個制度的起源可以追溯到千年以前，當時隱世由妖王家全權治理。初任的妖王是位相當有為的人物，備受景仰，甚至擁有『大妖王』的稱號。然而那位大妖王被某個邪妖殺害之後，隱世陷入前所未有的混亂局面。後繼的新王能力不及大妖王，各地開始出現盜賊作亂，隱世成了烏煙瘴氣的亂世。」

「怎麼覺得……聽起來就像北方大地現在的狀況耶。」

「沒錯，正如妳所說。所有人都追求著初代偉大妖王的影子，後代領導者常常陷入治理無方的狀態。」

律子夫人繼續說道。

她告訴我，為了穩定失序的隱世，所以才制訂出八葉的制度。以妖都為隱世中心，往外區分為八塊土地，將地方管理權授予過去曾效命於大妖王的八位大妖怪，要他們平定地方紛亂，恢復太平。

「其實打造出這個八葉制度的官員之一，正是白夜先生喔。」

「咦咦？雖然我本來就覺得他絕非凡人，但這也太……」

說起來，他竟然是隻活了這麼久的妖怪……

「在八塊土地上分別設置八葉，確立分權制度後，接著讓各地以最適合自己的方式發展。現在八葉的勢力甚至已經成長到對中央造成威脅了，或者應該說威脅到中央貴族的地位比較正確吧。擔任八葉者雖然都是高等大妖怪，但沒有貴族的顯赫背景。大家都是各自透過經商成功，能力受到認可之後翻身的新貴。」

「可是……看過妖都的繁華之後，我覺得應該沒有任何一塊大地能超越這個大都市吧。呃，不過我也還沒有走遍八方大地就是了……」

「中央主要靠著來自八葉的龐大稅賦來支持財政。在妖都經商的成功人士，大多也是原先在地方經過磨練後才擠進中央發展的。」

「那麼，宮中為何企圖破壞八葉制度？既然能徵收到這麼多的稅金，繼續沿用這個方式不就好了。」

「呵呵……稅金繳得多，同時也代表擁有較高的發言權。中央政治目前已被西北大地的八葉——文門狸一族掌握了部分權力。現任右大臣也正是出身自八葉的文門狸，他可是個很有手腕的老狸貓。」

啊啊，春日的父親啊。事情的脈絡漸漸變得清晰了。

「自古以來掌控中央政治的名門權貴，對於八葉權力單方面膨脹的現象感到害怕，於是想找機會壓制其勢力，同時卻又渴望八葉帶來的財富。因此才企圖廢止八葉制度，以妖王的名義強制接收八方大地的財富與八葉奠定的商業基礎，交由中央統一管理。」

「哪、哪有這樣的！這也太過分了。過去就是因為中央無力管理，才將掌權者分派到八塊土地上，分別治理當地的。無論是天神屋還是那間折尾屋，都是運用自己的智慧，反覆經歷無數次的失敗與成功之後，才為當地帶來財富的耶！」

「沒錯，葵小姐妳說得對。現在廢除八葉制的呼聲會越來越高，主要是因為與右大臣處於對立關係的左大臣出身自大貴族。而現任的妖王大人過去會聽取雙方的意見，但真要說起來的話，是偏向右大臣的。原因似乎是因為妖王大人不想破壞與八葉之間的關係。會請天神屋大老闆前來宮中，我想也是為了商談此事吧。妖王大人才兩百歲，年紀尚輕，據說把鬼神當成兄長般景仰。」

……兩百歲叫年輕，這一點我就暫時先不吐嘈了。

「既然妖王大人這麼想，又為何會……」

「我目前得知的內情只有以上這些了。但聽說因為這次事件的影響，讓妖王大人的想法開始傾向於廢除八葉制了。只不過，右大臣與各八葉應該不會接受這樣的想法吧。如同我剛才所言，就算妖王大人有此打算，八葉的勢力也沒有弱到任憑制度輕易被破壞。但是大老闆的那件事將無可避免地成為火種，讓這個問題延燒成更嚴重的紛爭。」

「……火種。」

「在下次的夜行會，八葉應該不得不做出抉擇吧。看是要換掉天神屋的大老闆，以排除此事件延燒至廢除八葉制的可能性。又或是讓他繼續就任，維持八葉既有的力量與影響力，直接與中央對立……畢竟大老闆的力量在八葉之中有著無可取代的重要性。」

越是聽下去，我越了解到這次事件的嚴重性，遠遠超乎過去我所面臨的各種挑戰。其中牽扯了各種恩怨、內情、漫長的歷史，以及複雜得令人畏懼的權力鬥爭。

我還是不知道，自己能從中幫上什麼忙。

就連該從哪裡切入，將廚藝與這次事件做連結，目前的我都毫無頭緒。

「白夜先生之所以要葵小姐妳來到這裡，我想一部分也是讓妳透過我的說明來釐清狀況。畢竟只有我能設身處地體諒妳的困惑，以及人類不會明白的疑問。天神屋的妖怪們內心都很善良，但唯獨葵小姐身為人類的心思，對他們來說是難以理解的，對吧？」

「……嗯。謝謝您，律子夫人。參與天神屋內部的討論時，我的確聽得一頭霧水，覺得自己像個局外人。」

律子小姐再次面向我說道：

「這裡是妖王家縫陰宅邸，我將以縫陰之名款待妳，歡迎妳的光臨。這一陣子妳就留下來作客，從這裡往來星華丸與天神屋。」

「咦？請、請先等等。您說這陣子嗎？」

我嚇了一跳，而律子夫人已回復為原本那個溫柔婉約的她，發出銀鈴般的笑聲。

「我說過了吧？有件事需要即刻借助葵小姐的力量。至少在找到解決的線索以前，請妳留下來幫忙。況且從這裡可以搭乘接駁飛船，輕鬆往返天神屋喔。天神屋的船隻幾乎每天都有班次，從早到晚接送乘客往返妖都。」

這樣我就放心了——雖然就此放心也有點輕率。

不過，這還真是出乎預料的發展。

原本已做好心理準備面對這次嚴重的事態，但沒想到竟然要暫時在妖都居留，而且還是寄住在律子夫人家裡。

啊，說到這才想起來，我把小不點一個人丟在天神屋了。

今天早上他依照慣例一大早就跑去冷冰冰的池塘玩水，所以我也依照慣例放生他了。

「葵小姐，妳還好吧？妳整個人僵住了唷。」

「我、我沒事！沒事！」

接受各種衝擊而暫時愣在原地的我，被律子夫人的聲音喚回了神，用誇張的動作試著活動雙手。

「呵呵……這裡可是妖都，能在第一時間獲得第一手的情報。『女人只需要在家裡乖乖等著』已經是過時的思想了。為了解救心愛之人，必須找好據點才能直搗黃龍啊。」

「……律子夫人？」

那位溫柔婉約的律子夫人伸出食指抵在雙唇上，露出有點壞壞的表情笑著。

「雖然不知道雷獸所構想的鬧劇會如何上演，不過既然如此，我們也有我們的劇本。來寫下一段充滿愛與奇蹟的故事吧。尋找下落不明的公主，並從禁錮之中將她解放，正是英雄永遠不變的任務。」

「可是現在身為公主立場的，是大老闆耶。」

一般來說要反過來吧？反過來才對吧？

不過，這話確實有道理。與其待在天神屋的夕顏裡對現狀一無所知，帶著焦躁不安的心情繼續做生意，倒不如在這裡尋找我能盡一份力的地方，應該比較像我的作風吧。

我猛力拍了拍自己的雙頰。

振作點……必須打起精神。既然已經看到前方的入口了，哪有不勇敢踏進去的道理。這樣才像津場木葵吧。

「要承蒙您的照顧了，還請多多關照，律子夫人。」

我深深低下頭行禮。律子夫人露出溫和的微笑說：

「如果有我能幫忙的地方，我會盡力協助的，請妳儘管放心吧。」

她替我打了一劑溫柔的強心針。

原來她都明白，我的內心裡依然存在著不安。

天神屋的迎戰在此刻揭開序幕。接下來一個月的發展，將左右大老闆今後的去向。

我們所做出的選擇將會撼動隱世局勢，發展成歷史性的騷動。

第三話

挑食的皇子

「我不要！」

一陣高分貝的聲量讓我猛然睜開了眼，從睡夢中清醒。

這是我住進縫陰家的第一天，時間已接近中午。

「不要不要我不要～～」

我聽見紙拉門外的室內走廊上，來回響著咚咚咚咚的腳步聲，還有小孩子的喊叫聲。以及追著孩子說「請等一下～～」的數個女佣人的聲音。

「發生什麼事？」

昨天我在這間宅邸裡並沒有看見律子夫人以外的家人，不過看來果然有其他人住在這。

我從大得誇張的舊式床被裡爬了出來，靜悄悄地拉開門一看。

結果嚇了我一跳。一個小孩子正好就站在我的面前。

他似乎甩開在後頭追著的女佣人，一個人站在這裡。

「妳，是誰？」

「……呃……」

這個盤起雙臂裝大人，用自以為是的口氣說話的孩子，讓我感到畏縮。

對方明明只是個年紀大約讀幼稚園的小男孩……

「這位是我們家的客人唷，竹千代大人。」

律子夫人走上前來，在這個小朋友身旁蹲下身。

「……客人？跟我一樣？」

「竹千代大人……您是『家人』才對吧？」

律子露出似乎有點為難的笑容，結果小朋友「哼」了一聲，露出諷刺的表情。看來這男孩年紀雖小，個性卻不怎麼好相處。

「早安。」我將拉門完全拉開，向律子夫人請安。

「葵小姐，睡得還好嗎？早膳正好準備好了，我請下人端到隔壁房裡吧。」

「謝謝。啊，不過我自己來吧！不如早飯也交給我來做，畢竟要待在這裡叨擾一陣子。」

「哎呀，沒關係的。我想招待葵小姐享用妖都口味的飲食啊。」

律子小姐合起雙掌，用充滿光芒的雙眼如此說，想當然令我不好意思婉拒。

經過以上的對話，我開始梳洗換裝，同一時間隔壁房間也已經備好了早點。

我被誘人的香氣所吸引，晃呀晃地來到了房內。

「哇……」

充滿高級感的數道蔬食配菜，排列在高腳的四方餐盤上。

餐桌上的菜色散發著妖都的高雅氛圍，讓我的內心開始雀躍。

燉煮料理、田樂(註2)、燙拌青菜、清湯、新鮮醬菜、還有其他精緻分裝的小菜。

每道料理看起來都帶著體面的正式感。

色彩繽紛的當季鮮蔬經過細膩的調理，就連用來盛裝的小碟與小碗都看得出相當講究。沒錯，從賣相來看是無可挑剔地精美。

「這些料理實在太美了，每一道都讓人覺得捨不得吃下肚呢。」

「呵呵，對吧？不過希望妳務必嘗嘗，感受這誕生自悠久的妖都歷史中，對蔬食料理的堅持與講究。」

「的確……我也想說這些料理似乎都是使用當季的蔬菜。」

「沒錯，從收成初期的『旬始』，收成中期的『旬中』到收成末期『旬末』，將蔬菜收成的季節進一步詳細劃分，配合各期間的口感特色來進行調理，用最美味的方式來享用，正是妖都飲食的風格。」

「比方說──」律子夫人將手指向了白蘿蔔炒油豆腐皮。

「妖都蔬菜中的『北樂白蘿蔔』的『旬始』落在十月到十一月，剛上市的口感相當柔軟又鮮嫩，常用來切絲搭配水菜一起生食。十一月至十二月的『旬中』是風味最鮮美的黃金時期，可以

註2：將食材塗上味噌並且串起後以炭火烤熟的料理方式。

像這樣搭配油豆腐皮一起拌炒，或是搭配其他蔬菜來炊煮或燉煮，適合任何調理方式。到了最後一、二月的『旬末』，口感會變得比較紮實偏硬，長時間加熱也不易軟爛，並且保留濃厚的風味，很適合用於燉煮或是醃漬。」

「原、原來如此……竟然把盛產期細分成三階段加以發揮，看來真的對蔬菜相當講究呢。」

我不由自主地嚥了口口水。

雖然我大概知道當季有哪些蔬菜可以吃，但從沒有這麼重視過季節內的變化，來細分調理的方式。

「呵呵。這算是古人的智慧吧。現今栽培技術也已經進步，隨時都能吃到各種蔬菜，幾乎讓人分不出何時算是產季了呀。」

「原來隱世這裡的狀況也跟現世很像呢。」

「是呀。像最近還盛行起地下栽培，讓收成時間擺脫季節限制。不過還是依循節氣，在自然的生長季節中收成的蔬菜，特別具有時令風情。」

此時律子夫人發現我還沒動筷，伸手掩嘴說：「哎呀！真是不好意思。」

「我實在太多話了！來來來，請快點享用吧。這道使用西卷胡蘿蔔與東花海老芋的綜合燉鮮蔬，還有這個清燉蕪菁都是我很推薦的菜色唷。」

律子夫人興奮地看著我，期待我開動。

為了不辜負她的期待，我喊了一聲「我開動了」，從燉煮的胡蘿蔔與海老芋開始嘗起。

白色的海老芋與亮橘色胡蘿蔔分別切成六角形來調理，搭配燙過的春菊，形成白紅綠三色的繽紛色調。最上頭還擺了切成細絲的柚皮，增添清爽的香氣。

「嗯！吃得到高湯的風味呢。」

昆布與柴魚風味的高湯加上味醂與酒，將海老芋燉煮得非常入味。

所謂的海老芋，我記得應該是小芋頭的一種。海老芋的質地鬆軟且帶著濃厚的甘甜，吃起來口感相當獨特，又與一般常吃的馬鈴薯不同。也正因為這是平常不常用到的食材，我更是吃得津津有味。

胡蘿蔔的鮮甜自是不必多說，濃厚的香氣直竄鼻腔，在品味的同時讓人心中產生一股暖暖的幸福感。

明明是常見的蔬菜，卻如此令人驚豔。單純使用高湯來燉煮胡蘿蔔，卻能讓人明白簡單正是至高無上的美味，並帶來無比的滿足感。

「太好吃了。這道料理明明需要專業的細膩技巧，卻帶有一種質樸又親切的熟悉滋味。這種在樸素之中才能展現的奢華感……到底是如何造就的呢。」

「呵呵，關鍵恐怕就在於去蕪存菁吧。不添加多餘調味的樸實滋味，所使用的僅有頂級食材加上經過淬鍊的高湯，就能造就出平實卻又緩緩沁入肺腑的美味。」

「……」

我想這樣的滋味中所貫徹的堅持正好與我完全相反。

我的料理大多是從基本款的菜色中添加一點獨創的要素來變化。

即使使用價格低廉的食材，也能透過創新的想法快速完成現世風味的家常菜。異界的調味與新奇的料理風格這兩點都發揮了相當大的效果。

「這道是搭配鰻魚的蒸蕪菁，妳知道蒸蕪菁這道料理嗎？」

「嗯嗯，我記得是用蕪菁磨成泥後加上蛋白製成蛋白霜，再包入蝦或魚蒸煮而成的料理對吧？」

「沒錯。尤其是包了蒲燒鰻與銀杏的蒸蕪菁，是這裡自古以來的宮廷菜。」

嘗了一口之後，這軟綿綿又溫醇的風味加上鰻魚的鮮甜，讓我發出了讚嘆聲。

據律子夫人所說，這道料理大量使用了妖都蔬菜之一的冬季鮮甜蕪菁，是妖都高級傳統料亭的招牌菜。柔軟綿密的外層入口即化，包在裡頭的蒲燒鰻則香氣十足，相當具有存在感。這過於奢華的滋味與驚奇的口感，讓我的心情好比打開藏寶箱一般雀躍。

即使想優雅地細細品嘗並且分析料理手法，一回神早已情不自禁地全吃下肚了。這道料理就是如此令人著迷。

除此之外，還有什錦炊飯、浸煮青蔬、燉煮鰤魚、生麩天婦羅與松茸清湯等菜色，全是些高級料理。令我不禁懷疑剛起床吃這麼好真的可以嗎？

「唔唔……這些料理不但美味極了，感覺對健康也很好，完全滲入五臟六腑之中。」

「是呀，不過葵小姐手藝這麼好，每天的飲食應該也很健康吧？」

「也不盡然。畢竟這幾天試吃了好多漢堡。」

雖然工作需求在所難免，不過美味的漢堡吃太多也會消化不良，身體果然還是渴望攝取這些使用豐富蔬菜的健康料理。

昨晚才剛吃了一頓水炊雞肉鍋……連吃兩餐的好料，對我個人來說相當難得。

正當我打算再嘗一口浸煮青蔬時——

「我討厭那東西。」

回過神來才發現，那個幼小的少年已站在我的眼前。

他一臉不悅的表情，往下盯著我的餐盤看。

「這個，還有這個我也不喜歡。只要是青菜，我全都討厭！」

雖然是童言童語，不過他伸手一一指向我所品嘗的料理，毫不客氣地開口批評。

確實，這類型的料理很難列入小朋友會喜歡的口味啦……

「好了，竹千代大人。不可以打擾客人用餐！」

「哼！吵死了吵死了！不許命令我！」

一被律子夫人訓斥，這個孩子便用力撇過臉，咚咚咚咚地跑掉了。

「請問……我剛才就一直很好奇，那位小朋友是？」

我開口詢問律子夫人，她伸手拄著臉頰發出一聲嘆息。

「那位是妖王家的皇子竹千代大人，因為一些原因而暫時住在我們家。他的性格比較難相處一點，我也有點傷腦筋。偏食的習慣也很嚴重，不太願意好好吃飯。尤其蔬菜類幾乎不碰。」

「這可真是辛苦您了，畢竟小朋友都討厭吃青菜啊……」

「如果只是像一般小朋友不愛吃蔬菜還比較可愛，但那孩子的情況比較特殊。說起來，他似乎連吃飯這件事都不怎麼喜歡。也許一部分也是因為剛來到這個家沒多久，情緒還很緊張的關係就是了。」

我大口大口享用著眼前的飯菜，思考了一會兒。

雖然不清楚到底是出於怎樣的緣由，讓他被送來這個家暫時託管，但他為什麼會討厭吃飯呢？因為妖都料理大多使用蔬菜嗎？

以前的我又是怎麼樣呢？

在我還小的時候……對，就是在母親還願意關心我，為我下廚的那時候，我記得我也會挑食。有東西吃這件事，對我來說也是理所當然的。

但當我得知事實並非如此之後，飲食這件事對我產生了特別的意義。

吃是幸福的一件事，同時也是活著的證明。

那麼對於那個孩子而言，飲食又代表著什麼呢？

這一天，我能做的事情似乎只有待在縫陰家宅邸，悠閒地休假。

雖然今天夜鷹號不開張，但我現在人也不在天神屋，所以不用為了費工的料理而先完成前置準備或是研究新菜單，也沒辦法整理夕顏的店內環境。

此時此刻的小愛，想必在夕顏裡幫我看店吧。

夜鷹號下一次的營業時間是後天。

我計畫搭乘明天早上的接駁船回天神屋，在那之前就找點事情來做吧。

只能待在原地枯等情報捎來，果然很難熬。

我也有能盡一份力的地方嗎……

「啊……」

我從宅邸的外廊望見竹千代大人正在庭園裡與烏龜嬉戲。

「欸。」我不假思索地出聲喊住他。

他嚇得聳起肩膀，狠狠地瞪著我，明顯地有所警戒。

他身上穿著氣派的童水干（註3），仔細一瞧發現他有著高雅的相貌，五官輪廓分明。他還有一對尖尖的耳朵，髮色灰中帶藍，不知道是哪種妖怪。

那對眼珠子裡隱隱約約浮現著同心圓的花紋。

奇怪，這眼珠的花紋怎麼跟昨天在夜鷹號點了漢堡，打扮詭異的那位客人有點像……

註3：平安時期天皇與貴族家少年所穿著的服裝。

「呃……那隻烏龜真漂亮耶，甲殼上長有寶石。」

「廢話，因為這是寶玉龜啊。」

我從竹千代大人疼愛的那隻烏龜身上找話題，率先向他攀談，卻被他一口反駁。

而烏龜仍然故我，溫吞地緩緩抬起頭，用事不關己的眼神看著我，彷彿在看外人一般。

「妳找我幹嘛？」

竹千代大人的戒心依然很強，於是我乾脆開門見山地直問了。

「欸，你肚子不餓嗎？你今天一口飯都還沒吃對吧？」

「哼！外人少多嘴。」

他用一點都不可愛的語氣回應我，撇過頭去不甩人。

「……因為，這裡的東西又不好吃。」

然而他最後喃喃的這一句，我可沒漏聽。

「你比較喜歡以前吃的料理嗎？」

「……沒有，都一樣。」

他依然將頭垂得低低的，再次小聲地回答我。

我在緣廊坐下來，不著痕跡地觀察著那孩子的一舉一動，同時再次嘗試跟他聊聊關於「吃」這件事。

「那不然，竹千代大人你喜歡吃什麼？別看我這樣，其實對廚藝頗有自信的喔。特別是現世的料理。因為我其實是人類。」

「人類？」

竹千代大人抬起頭來，從他的反應看來似乎對我稍感興趣。

雖然他的眼神之中仍然充滿懷疑，不過我還是擠出笑臉，放低身子以配合他的視線高度。

「你對現世料理有興趣嗎？我做點什麼給你吃吧？」

「……不、不用了。我什麼都不想吃！」

「不吃飯的話，身體會撐不住的喔。」

「才不會，喝靈力水就好了。」

「是喔，那是能維持靈力的一種水嗎？可是品嘗各種不同的食物很有樂趣喔。」

「一點都沒有！」

竹千代大人用強硬的語氣徹底否定我。

他的表情看起來相當難受，讓我猜想也許這孩子說的是違心之論，其實心裡另有想法。

「為什麼你會這麼討厭吃東西這件事呢？」

「……」

竹千代大人不發一語地垂低視線。

果然這其中有什麼原因吧。

一些無法光用「小孩的任性」、「單純偏食罷了」來概括的苦衷。

「那不然，竹千代大人，你對人類吃的東西有沒有興趣？」

我稍微改變提問的方向。

從剛才令他稍感興趣的「人類」這個關鍵字來切入。

「我呀，到昨天為止都在空中飛船上負責製作一種叫做『漢堡』的食物。這道料理呢，是使用以麵粉揉製並烘烤得軟綿綿的麵包，中間夾入肉類跟蔬菜，用兩手拿著，直接咬著吃的料理。」

「……用手拿著直接吃？不使用筷子嗎？」

「嗯嗯！很有趣吧？在隱世也許很新鮮呢。啊，不過這裡也有飯糰啊。竹千代大人有吃過飯糰嗎？從吃法來看的話，兩者很類似。」

然而竹千代大人似乎有聽沒有懂，搖了搖頭。

於是我總算想通了。

這孩子應該從小就是吃高級的宮廷料理長大吧。

對於從未接觸過平民料理的他來說，我今天早上吃的那種高規格妖都料理，只不過是日常的飲食。既然他貴為妖王家的皇子，這也是可以理解的。

「欸，剛才你說吃飯沒樂趣，為什麼會這麼認為？難道是因為平常都一個人待在房裡用餐？」

「嗯，是啊。」

竹千代大人不時往我這邊偷瞄，用微弱的聲量喃喃地回應。

「以前母親大人與好多的女佣人都會陪著我吃飯，現在只有我一個人。自從弟弟出生之後，大家都跑去他身邊了。」

「弟弟？」

我覺得這其中好像有些故事。

「……為什麼大家都跑去弟弟那邊？」

「什麼為什麼，因為弟弟將會成為『繼承者』啊。我的母親是側室。」

「……」

「他們已經不需要我了。」

他懂的辭彙很多，而且是深深明白其中的意義才說出口。

這孩子的眼神雖然銳利，但再怎麼說還是一雙孤單而稚嫩的眼睛。

「那個，律子夫人。請問我可以借用廚房嗎？」

我來到律子夫人的房內，小心翼翼地提出這樣的請求。結果她發出呵呵的笑聲。

「抱歉，因為這一切實在太如我所料，我就猜妳差不多要來找我開口了。是為了竹千代大人的事情對吧？」

「咦？嗯……我想那孩子也許把『吃東西』這件事和『寂寞』的心情連結在一起了，所以……」

「妳說得沒錯。當我第一次見到他時，他一個人坐在寬敞的房內，孤伶伶地吃著飯。桌上全是高級的宮廷菜色，然而對他而言，這反而成為孤獨的一種象徵。那孩子的眼神中充滿了空虛啊。」

「為什麼會這樣？他為何會被棄之不顧呢？再怎麼說也是王族的後代吧？」

「這個呢……的確，過去有些逢迎諂媚之輩會奉承他，例如獻上高價的玩具與點心，對他言聽計從，殷勤地前來問安好讓他記住自己的名字……竹千代大人，其實是現任妖王二皇子家中的嫡長子。」

我驚訝地眨了眨雙眼，這意思是……

「所以說，他是現任妖王大人的孫子嗎？」

「沒錯。而且還是第一個出生的皇孫，因此身分特別『不一樣』。」

律子夫人的笑容中帶著一絲憂鬱。

「那孩子的母親原本是中流貴族世家的千金，備受二皇子的寵愛，以側室的身分懷了嫡長子——也就是竹千代大人。竹千代大人出生之後，母子兩人都受到禮遇，無論在宮中還是整個妖都內，都成為眾人的目光焦點。」

所有人都對未來有望成為下一任妖王的竹千代大人百般阿諛奉承、趨炎附勢。

「然而好景不常，不久之後正室便生下男嬰，轉移了大家的注意力。竹千代大人的立場頓時一變，現在已經失去所有人的特殊禮遇了。而他的母親也因周遭目光的驟變而染上心病，開始食不下嚥，現在正在文門大地的醫院進行療養中。」

「……竹千代大人的母親也變得厭食了嗎？」

「是呀。那位夫人原本明明還稍微有點豐滿的，自從精神狀況出了問題而失去食欲之後，整個人越來越消瘦，我也去探望她好幾次。還記得年紀尚輕的竹千代大人以前總會把自己的點心拿去獻給母親，那健康又活潑的樣子。然而現在與母親分隔兩地，竹千代大人變得無依無靠。他已失去能保護自己的後盾，以及原有的立場了。」

光是聽律子夫人轉述這番故事，就令我覺得心裡很難受。

也許竹千代大人是因為母親的厭食症狀，才跟著變得食不下嚥吧。

他可能對於進食這件事產生罪惡感。

「現在想想，心思敏銳的他應該是感受到自己成為礙眼的存在吧，於是和母親一樣慢慢變得沒有食欲。看不下去的妖王大人則委派自己的堂弟，也就是縫大人，來負責照顧竹千代大人的起居。」

雖然一半出於猜測，不過我漸漸開始了解來龍去脈了。

「但說起來，若他身為妖王大人的長孫，我想由妖王庇護他是最好的選擇吧。但妖王可能也有自己的難處。」律子夫人如此說著，並發出了嘆息。

「站在妖王這樣的立場，無法守護自己想保護的人事物，應該是最痛苦的事了……對了，之前縫大人也曾說過——或許選擇棄之不顧才是讓竹千代大人現在能活著待在這裡的方法。」

這番話的意思我目前還無法參透。

不過我大致能理解竹千代大人被圍繞在什麼樣的環境下了。

說起來，我本來就感覺到他對吃東西這件事抱持著一種鬱悶感。

特別討厭蔬菜這一點，也許是因為宮廷料理必然是多使用妖都蔬菜吧。

那孩子嫌難吃的菜色，我記得也都是具有代表性的宮廷菜。

「我其實也想過是否有其他東西是他願意吃的，而多方面嘗試過。別看我這樣，年輕時也是個在現世生活的人類呀。我曾試圖製作現世的料理，不過……我這才發現原來自己並不擅長做菜。」

「……」

「也許是我手藝太差，才害他對飲食更失去信任感也說不定。啊啊，怎麼會這樣呢……於是我才拜託白夜先生，想說如果有機會的話，希望能借助葵小姐妳的力量。」

「拜託白夜先生？」

說到這我才想到，當初白夜先生說過有件案子需要我的協助。

原來指的就是這件事啊。

「好！我明白了。那孩子的事就交給我來想辦法吧！」

我緊緊握拳。

這孩子不像過去的我沒東西吃而飽受空腹折磨，而是眼前有山珍海味卻食不下嚥……

雖然狀況不同，但我仍無法坐視不管。

因為無法享受吃的美好，果然還是很痛苦的一件事。

這座宅邸相當寬敞，在這裡碰見的佣人們僅對我低頭行禮，並不會特別與我攀談。大家都配戴著某款面具，連表情都看不見。

住在這裡的除了縫陰大人與律子夫人以外，就只有幾位佣人。據律子夫人所言，他們的孩子已經獨立，在宮中工作並且在別處的宅邸生活起居。

不過由於年關將近，縫陰大人被迫出面處理宮中各種例行活動，目前似乎忙得不可開交，所以不在這個家裡。

「明明正在享受退休生活……」律子夫人嘟噥著。

「竹千代大人～」

我又再次尋找著竹千代大人的蹤影。

我想與他一起找出能讓他產生食欲的料理。

「竹千代大人～竹千代大人～你在哪呀～」

我呼喚著他的名字，然後他本人一聲不響地出現在我背後，滿臉不悅地質問我：「幹嘛？」

身軀明明如此嬌小，但那張皺緊眉頭的表情看起來彷彿竭盡全力地自我防衛，讓我不禁覺得有點難過。

「竹千代大人！甜食、鹹食你比較喜歡哪一種？」

我在他面前蹲下身，笑著問他。

突如其來的問題讓他嚇得肩膀一聳，咚咚咚地逃走了。

簡直就像受驚的小動物。

「關於食物的問題果然是禁忌嗎……」

我從後頭追了上去。

我倉促的腳步聲響徹靜謐的外廊。我跑上前去，輕而易舉地揪住竹千代大人的後領。

「放開我！放開我！少來煩我！」

「這可不行，因為律子夫人已經把竹千代大人的事情託付給我了。」

「妳有什麼目的？討好我也得不到任何好處喔！」

「目的？除了讓你好好吃飯以外，沒有其他目的了。我對於妖王家的繼承問題與政治的事情又沒有興趣，而且我的立場本來也不能干涉這種不合乎我身分的事情。」

「那不然妳到底是什麼人！」

「我？我叫津場木葵。在天神屋開了一間名叫夕顏的小餐館，只是個普通人。」

「……津場木？」

剛才還用嬌小的身軀胡亂掙扎的竹千代大人，突然老實地停住動作。

噢，會對這個姓氏有反應，想必是代表……

「竹千代大人，難不成你知道我爺爺？」

「妳指的是……那個所向披靡的津場木史郎嗎？」

他猛然轉過身來抬頭望向我，力道大得足以甩掉我揪住後領的手。看他那雙閃閃發亮的雙眼我就知道……

彷彿就像少年聽見最崇拜的英雄大名會有的反應。

不，我想爺爺在這裡應該屬於反派英雄才對。不過有些小朋友的確覺得這種壞壞的角色更帥氣而心生嚮往吧，以妖怪的立場來說。

「津場木史郎是我的爺爺沒錯喔，我是他孫女。」

「……孫女。」

這個詞似乎有點擾亂竹千代大人的思緒，讓那雙原本充滿光芒的眼睛微微暗沉了下來。

對了，這孩子是現任妖王的長孫啊。

我急忙繼續剛才的話題。既然如此，我就徹底利用爺爺吧。

「呃，我問你喔！那你想不想嘗嘗津場木史郎所吃的現世料理？」

「？」

竹千代大人又再度抬起臉，果然他對這個人物充滿興趣。

「如果跟他吃一樣的料理，我也能變得跟他一樣強嗎？」

「變強？」

「我能變成強大的男人嗎？」

竹千代大人前傾身子，一臉拚了命的表情問著。

他的首要考量是希望自己能變強。

我伸出手指抵著下巴，稍微思考了一會兒。

「……是呀。別看我這樣，以前也每天掌管爺爺的三餐呢。而且聽說我做的料理，擁有極佳的恢復靈力效果。所以你只要持續吃我的料理，短期能恢復活力，長期一定能強身健體的。不騙你。」

我用這番話拐騙竹千代大人，揮了揮手要他過來。

剛才還充滿戒心的他，靜悄悄地朝我走近。

這反應又好像稍微放下戒心的小動物，有點可愛。

那麼接下來，現世的料理中有哪些具有獨特風格，又可能合竹千代大人口味的菜色呢？

咖哩？奶油燉菜？漢堡排？嗯……

試著列出受小朋友喜愛的各種料理，不過還是差了一點什麼呢。可以的話還是希望能幫他克服不愛吃蔬菜的偏食習慣……

「啊，對了。兒童餐！」

「……兒童？」

我的反應就像靈光一閃想到了妙計。然而竹千代大人卻不悅地鼓起雙頰。

看來他似乎不想被當小孩看待。

「啊！不是啦。兒童餐呢，是一道魔法料理，充滿了變強大的祕訣與孩子們的夢想。就是呢……其中蘊藏著一些只有孩子才能體會的樂趣。」

「？」

他似乎不太明白我到底在說什麼。

不過，兒童餐這個點子也許不錯。

賣相帶著童趣，集合了小朋友最愛的食物，是家庭餐廳的招牌品項。

漢堡排、炸蝦與雞肉炒飯等是兒童餐最經典的菜色，如果在其中偷偷摻入蔬菜，就能在吃得開心的同時又能美味地攝取蔬菜吧？

對了，把爺爺喜歡的料理也放進去吧。

他生前是個偏愛下酒菜的人，當時為了讓他保持營養均衡，我可是大費周章地混了各種蔬菜進去。

「竹千代大人，你有什麼喜歡吃的蔬菜嗎？」

「沒有。」

「那討厭的蔬菜呢?」
「白蘿蔔、胡蘿蔔。」
原來如此，妖都蔬菜中的兩大代表是吧。
那麼……我就試著偷偷加進去吧。呵呵呵。
「那我們先去採購食材吧。親自挑選原料能發揮更高的效果，可以變得更強喔。」
「真的嗎?」
雖然我自己都覺得這番誘拐的臺詞也太莫名其妙又粗糙，不過竹千代大人卻漸漸開始露出小朋友會有的純真反應。
「爺爺他是個會自己跳入火坑，將想要的東西全弄到手後就逃之夭夭的人。雖然好孩子絕對不能模仿他，不過總之先出門一趟，自己挑選食材入手吧。」
「出發出發。」我催促著竹千代大人出門。
外頭的天氣雖然有點微涼，不過他穿好了木屐，便踏著庭園的白色小碎石跑來跑去。俗話說小孩子只顧著玩哪會怕冷，反而是我冷得渾身發抖。
接下來，偷聽到剛才對話的律子夫人已經先備妥船隻，停放在縫陰宅邸的泊船場。
這種船比起空中飛船應該更接近小木舟。從這裡俯瞰妖都的空中景色，可看到類似的小船正來回穿梭其中。
只是出門到附近採買東西而已，比起大型飛船，這種交通工具應該更輕便吧。

竹千代大人扶著船頭坐進小船內，接著換我上船。準備萬全的律子夫人也一起進來，她悄悄跟我咬耳朵。

「真沒想到妳能成功把竹千代大人帶出來。葵小姐，真有妳的。」

「這個嘛……其實我是用爺爺來當釣餌。」

「呵呵。最近流行的兒童繪本之中，也有一些描繪津場木史郎以義賊身分大放異彩的故事，想必他是受那些作品的影響吧。」

「咦……原、原來是這樣啊？」

我感受到一股沒來由的汗水滑過臉頰。

在大家小時候的年代，至少有兩三部兒童卡通風靡一時，成為家喻戶曉的經典作品，爺爺的故事大概就類似這種感覺吧？

「那個，律子夫人，請問妳說的繪本有辦法從哪裡弄到手嗎？」

「嗯，當然可以。回程順便去一趟妖都圖書館吧。」

接著我們分別戴上面具，搭乘小船降落到妖都。

我和律子夫人戴著白臉醜女的面具，竹千代大人則戴了河童面具。

這種輕快地飄浮於空中的感覺，有別於平時乘坐的大型飛船，讓我覺得很新鮮。

往下一看，驚人的高度令我不禁發寒，各棟高樓之間透過眾多空中走廊互相連接。技術老練的船夫利用一種能划動空氣的特殊船槳，穿梭於高樓間的縫隙。

這裡是妖怪們所棲息的大都市，充滿了日式風情。

細長又龐大的高塔外側圍著一圈戶外迴廊，各種店鋪的店員都在這裡招攬客人。客人們則從自己的小船上瀏覽店家與本日推薦商品。

然後他們會將小船駛進設立於四處的停船場，經由迴廊或是空橋前往目標的店家。

「……原來我之前來訪妖都時所停留的地方，算是更外側的地區。」

中心區竟然是如此地先進，已經是發展得極致完善的都市。

「這裡是貴族、政府官員與富豪階級所居住的『月之目區』，是發展最成熟的上流區，同時也是最接近宮殿的市中心，物價雖高，不過沒有弄不到的東西。現世的商品在這裡也能輕易購入。」

「我的確覺得這裡和我至今所見過的隱世不同，有一股不太一樣的氛圍。」

摩天高樓四處林立，阻擋了陽光的直射。不過這種陰影之中的繁華氣氛，若要說很有妖怪的世界觀，也的確是滿符合的。

一群鴿頭外型的妖怪列成一列，在往來的小船之間拍動著白色羽翼劃過天際。

據說他們被稱為銀鴿部隊，負責巡邏這一帶的安全。銀鴿部隊的身分就類似妖都的警察，比如有乘客從小船上不慎掉落時，他們會早一步察覺到危險，提供實質救援。

聽起來真有趣耶。

我還不夠了解隱世的大小事，處處都充滿著驚奇。

「竹千代大人，把身子探出船外很危險的喔，就算有銀鴿部隊保衛安全也不能這樣。」

律子小姐開口提醒從小船探出頭眺望外界景色的竹千代大人。

「可是……這全是我沒見過的新鮮東西呀，我第一次看到這麼多的船隻飛行在空中。」

即使被叮囑，他仍目不轉睛地看著熱鬧的街景，未曾轉移視線。

看來他過去居住在王宮時，從未踏出家門來到這樣的市區。想當然應該也未曾如此近距離地觀察妖怪們的生活。這片充滿熱度的壯觀景象，大概激起了他的好奇心吧。再怎麼說他也是個小男生，所以對船隻這些交通工具似乎特別感興趣。

而在竹千代大人適應縫陰家的生活以前，律子夫人也暫時沒有帶他出門買東西的樣子。她怕小朋友不但沒能適應，甚至可能造成反效果，所以這方面特別謹慎行事。

「不過，看他這麼興致勃勃……我真該早點帶他出門的呢。這次是我失策。」

「小孩子都是純真的呀，而且能感受到我們已經無法察覺的東西。」

我和律子夫人望著彼此，發出為難的苦笑。

竹千代大人抑鬱的心能一點一點慢慢地被打動，是一件好事。

「來，就是這裡唷。這是我最推薦的一家蔬果行。」

我們抵達了一間熱鬧的大型蔬果行，就近在停船場的旁邊。

律子夫人所推薦的這間店舖，陳列著滿滿的新鮮蔬菜。

「哇～～好大的蔬果行！」

當季盛產的妖都蔬菜當然不用說，就連產季以外的蔬菜也有在此販售。像是我從未見過的巨型蕪菁、堆得跟山一樣高的南瓜、綠油油的一把把水菜、裝在木桶裡的大顆馬鈴薯，還有才剛採收、表面還帶著土的白蘿蔔。

放眼望去，店裡每一個角落都令我興奮無比。

「竹千代大人你看，是白蘿蔔喔。」

我拿起一根擺放在店門口的白蘿蔔，讓竹千代大人瞧瞧。

純白的根部非常緊緻，莖葉處也呈現充滿活力的油綠色。

竹千代大人對於眼前這東西竟然就是自己討厭的白蘿蔔這件事感到些許驚訝，眨了眨雙眼。

「……我討厭白蘿蔔。」

雖然嘴上如此說，他卻伸手輕輕摸了摸白蘿蔔的表面。

「你是第一次看見未經調理的白蘿蔔吧？質地紮實又冰涼，外型很不錯吧？這看起來很新鮮又美味，買一點回去好了。」

我首先挑了白蘿蔔放進店裡的購物籃內。

「如果看到什麼感興趣的就告訴我，我們買回家。」

我拉著竹千代大人的手踏入店內，結果他開始東張西望，觀察起各式各樣的蔬菜。雖然表情仍然像面對未知的物體一樣詫異……

「啊，是醃高菜耶。」

而我依然故我，發現了一樣很感興趣的蔬菜。

正確來說是醬菜才對，裝在木桶內的醃漬物。

這裡的醃高菜桶是將高菜整束進行醃漬，可以從木桶內抽出其中一束，放入自己的小桶中結帳的樣子。

這間蔬果行除了新鮮蔬菜以外，也擺了好幾桶醃醬菜。

我聽說在妖都蔬菜普及的過程中，同時也帶動妖都開始發展醬菜的文化。

「醃高菜據說是使用當季收成的高菜所醃漬而成的新鮮醬菜。高菜也是妖都蔬菜的其中之一唷。」

「好！我要買一些這個回去！」

醃高菜這東西可說是萬能的醬菜，可以拿來炒飯、配麵或是捏成飯糰，為各種料理增添獨特風味。

「這東西……好吃嗎？」

竹千代大人往醃高菜的木桶湊近一瞧，結果馬上驚訝地「唔」了一聲，縮回了身子。

這帶酸的氣味的確是有點特殊沒錯。

「醃高菜可是我爺爺……津場木史郎最喜歡的醬菜喔。我特別把珍藏的吃法傳授給你吧。」

津場木史郎這個關鍵字果然很管用。

光是這句話就讓竹千代大人「喔？」了一聲，收起了厭惡的表情。

「這我有點好奇……」

他小聲地吐出這句話，並且緊握起我的手。

這是第一次從他口中聽見對某種食物感興趣。

而這句話鼓舞了我，讓我的幹勁越來越高漲。

「好！我要大買特買囉！」

我在這間店挑了大顆的霜降白菜、顏色亮麗的胡蘿蔔，以及冬天不可少的馬鈴薯等食材準備結帳。

另外還買了竹千代大人說他沒嘗過的番茄。

番茄的產季是夏天，在隱世是最近才開始有機會吃到的稀有蔬菜，不過聽說由於妖都這裡近期發展地下栽培的方式，所以店裡有販售這種產自地下的品種。

番茄的外包裝一角有土撥鼠的圖案，據說就是地下栽培的標誌。

「竹千代大人，你還有什麼感興趣的蔬菜嗎？」

「嗯……」

他伸出手指抵在嘴邊，用可愛的動作沉思，突然「啊！」地大叫一聲。

「那個！那東西形狀好奇怪，讓我很在意。」

「哎呀，眼光真好。綠花椰菜是吧。」

這裡的品名雖然寫著「芽花菜」，不過無庸置疑跟綠花椰菜是一模一樣的東西。

這大膽奔放的外型，的確有一種爆炸感，看起來很逗趣呢。

「好，那把綠花椰菜也買回去吧。這種蔬菜營養價值豐富，光是汆燙後當成配菜都能成為優秀的配角，冬天拿來搭配燉煮料理也是最佳首選。」

我的兒童餐要加入什麼菜色，已經漸漸有了雛型。

「啊！不過現在才想起來，我根本沒帶錢！」

這麼重要的事，我如今才發現。

誰叫我昨晚以兩手空空的狀態，從空中被丟到妖都來啊。

「……不好意思，律子夫人，勞煩您幫我結帳。」

律子夫人暫且為我出了錢，我因為愧疚感而變得垂頭喪氣。

「噢呵呵，這一點不用擔心。與夕顏有關的支出收據，全數都會算在白夜先生那邊。」

「唔唔，這樣也是很可怕……」

夕顏固定從農園直接進貨，而且鬼門大地的物價本來就沒有多高。

在相比之下令我震驚的是，妖都市中心這裡的物價之高。

再加上妖都蔬菜又是特別名貴的食材，這一帶的物價真的貴得驚人。不愧是有錢人住的地方。

得意忘形的我大肆採購了各種食材……最後白夜先生收到的請款金額究竟會是多少？我已能

想像他那張冷酷的表情。

咦？竹千代大人手上拿著一顆橘子，看來他似乎是拜託律子夫人買了一盒。那孩子氣的模樣看起來莫名地可愛。

「竹千代大人，你敢吃橘子嗎？」

「嗯，我喜歡。」

「為什麼？」

「……祖父大人常常拿給我吃。」

「……」

祖父大人，也就是妖王大人。

過去備受疼愛的記憶，確確實實還保留在這孩子的心底。

這應該是他珍貴的回憶吧。就像我對於祖父過去送我的東西、讓我品嘗過的料理，也全都記得一清二楚。

那橘子的個頭雖然嬌小，但是外皮相當柔嫩。

過去每到冬天，我也常跟爺爺一起在暖爐裡剝著吃呢……

在這之後，我們繼續了尋找食材的行程。

買齊了牛豬混合絞肉、乳製品與小蝦等品項後，請船夫幫忙搬食材上船，我們則前往下個目的地——位於這個「月之目區」內的圖書館。

「月之社圖書館」。

這是一間古老的西式建築，座落在寬廣的屋頂庭園內。

圖書館據說是落成在過去西方文化開始慢慢傳入的明治時期，一位在歐洲鑽研建築學的妖怪學成歸國後所建造的。這也成為隱世首度建造的洋房。

踏入館內，我便被高聳的天花板與一整面的書架所震懾。

從天窗灑下的陽光伴隨著老舊紙張的氣味，營造出這片宛若童話世界中的光景，令我的內心不禁莫名悸動。

「啊啊，有囉。這裡是繪本的書架。」

律子夫人率先幫忙找到繪本區。

繪本區裡排列著充滿沉穩氣息的木製書架，有幾位小朋友停留於此。他們的穿著打扮全都充滿高貴氣息，看起來完全就是出身自貴族世家。

但妖怪的外貌跟年齡並不成正比。

即使看起來還小，也許實際上是活了千百歲的長者。這讓我不禁懷疑起這些小朋友是否真的是小朋友……

「啊！找到《史郎大冒險》了！」

竹千代大人瞬間衝到繪本前。

由於這本書就放在人氣暢銷書的書架上，所以馬上就找到了。

「竹千代大人為什麼喜歡這本書？」

「……這是祖父大人送我的繪本。他以前常常把我抱在膝上，念故事給我聽。」

「……」

原來這孩子的心中還有這段回憶。

我想妖王大人果然心裡還是很在乎竹千代大人的吧。或許正因為如此，才選擇將他送往縫陰家託管……

竹千代大人在鋪著榻榻米的閱覽區坐下，沉浸在閱讀之中。我湊了過去，試著了解繪本的內容。

一位名叫史郎的人類男孩來到「隱世」，將「奇妙的點心」分送給妖怪，與他們成為夥伴，齊心協力打敗惡鬼。就是這麼一個致敬桃太郎的故事。

原來即使在妖怪的世界，鬼仍是最具代表性的邪惡反派呢……

「不過話說回來，爺爺的知名度竟然已經滲透到兒童繪本之中了。看來這世界也沒救了。」

「呵呵，這也代表津場木史郎這個人類，在隱世具有舉足輕重的地位呀。怎麼說呢，只要是以他為雛型所寫成的作品，都會熱賣。」

「呃，是喔……」

爺爺在這裡的影響力果然一如往常地不得了……

「津場木史郎不但是眾所畏懼的存在，而且幹盡惡事而受到唾棄。但他同時也是隱世的英雄。」

「英雄？」

「沒錯。其實這只是軼聞罷了，不過據說他曾為了拯救隱世妖怪挺身而出，迎戰強敵之類的。由於事件過程並未留在歷史中，所以任憑大家各自美化成理想中的劇情。沒有人知道津場木史郎這個反派英雄究竟與什麼為敵而展開奮戰，結局又是如何。」

「您說的是我那位爺爺嗎？」

「是呀，雖然這或許只是一則謠言，但是這類傳說會有市場需求，正代表著大家都想如此相信——相信那位男人不單單只是個惡棍，對我們來說是位英雄……哎呀！真是的，不好意思。對於葵小姐而言他是親祖父，我明明不認識人家卻直呼什麼惡棍。」

「不，關於這稱號我並沒有異議，完全沒有問題。」

我一臉正經，肯定地回答她。

然而，此時的我突然想起。

以前曾聽銀次先生說過，關於爺爺背負著詛咒的事。

會不會跟這個「與未知存在為敵」的傳奇故事有關呢？

回到縫陰家後，我們決定馬上使用剛買回來的食材下廚。

「好，『葵的料理教室』開課囉。竹千代大人也一起來做吧。如果不親自動手料理就失去意義囉。」

「呃，嗯。」

竹千代大人看起來有點緊張，不過似乎是有意願的。

我請他將身上的和服換成較輕便的穿著，並幫他綁起束袖帶。由於料理台對他來說太高了，所以也幫他準備了墊腳用的凳子。

律子夫人則早已換上日式圍裙，似乎也有意一起幫忙。

「噢呵呵，我來向葵小姐拜師學藝，下次做給縫大人吃吧。」

竟然說出這麼可愛的理由。不過我記得她的確說過自己不擅長做菜，必須同時好好顧著她……

「……要做什麼料理？」

竹千代大人畏畏縮縮地問我。

感覺是因為之前還嚷嚷著不喜歡吃飯，結果現在對料理抱持起興趣，而讓他有點難為情。

所以我刻意裝出若無其事的樣子，發表了菜色。

「第一樣，番茄奶油燉白菜捲。第二樣，白蘿蔔薯餅。第三樣高菜拌飯。甜點則是在暖爐桌裡吃的凍橘子，以上。」

「……？」

這一連串沒聽過的料理，對他而言想必宛若神祕咒語吧。

畢竟這些菜色全是以現世料理為基底而設計的。

「那麼，竹千代大人，首先幫我把胡蘿蔔的外皮削掉吧。」

「胡蘿蔔……我討厭。」

他露出一臉極度不情願的表情。

「對耶，聽你這麼說我才想起來。可是奶油燉菜少不了胡蘿蔔的。好啦，就算你不吃還有我想吃，乖乖幫忙吧。我還買了兒童專用的安全削皮刀，用這個就可以順順地削掉外皮了。」

我先切除胡蘿蔔的蒂頭，讓外皮更好削之後，再親自示範給他看。

一條條滑下的外皮似乎讓竹千代大人覺得很逗趣，不經意地露出了笑容。

「……我想試試。」

看他嘴上嚷嚷著討厭，不過對於幫忙這件事開始展露出幹勁，於是我將胡蘿蔔與削皮刀一起遞給他。

竹千代大人努力進行削皮的作業。我邊誇他做得很棒，邊在旁看了一陣子，以免他受傷。

接著我將他削完的胡蘿蔔切成薄薄的圓片，再借用縫陰家廚房裡的櫻花形狀壓花器，請他幫忙把胡蘿蔔片壓出花樣。

「櫻花！是櫻花！葵，我成功了！」

此時竹千代大人第一次呼喚我的名字。

壓出漂亮櫻花形狀的胡蘿蔔片似乎讓他很樂，顯得有些興奮。明明本來那麼討厭胡蘿蔔的。

我也因為他那聲充滿精神的呼喚而感到開心，猛誇獎他做得很棒。竹千代大人將自己壓好的櫻花胡蘿蔔擺在砧板上，一朵一朵地數著。

接著，我將一大顆沉甸甸的霜降白菜放上料理台。

「那麼接下來要來做白菜捲了，請竹千代大人與律子夫人處理這顆屬於妖都蔬菜之一的冬季霜降白菜。將菜葉一片片剝下來，並且用水徹底把上頭的泥土清洗乾淨。」

「哎呀，好幾十年沒幹過這種活了呢。」

「這是為了讓兩位能多多親身體驗當季白菜的觸感。很不錯吧。」

竹千代大人與律子夫人兩人一起舉手回答「好～～」簡直就像料理教室裡的兩位學生。

「同時我要來製作白菜捲中間的肉餡，使用牛豬混合絞肉，加上切碎的洋蔥末一起攪勻而成。」

「是類似漢堡的內餡嗎？」

「嗯嗯，沒有錯，律子夫人。把白菜捲比喻為用白菜代替麵包的漢堡，也許比較容易想像吧。」

就這樣，我讓身分高貴的竹千代大人與身為貴婦的律子夫人一起辛勤地幫忙處理白菜……

我則趁這段空檔依照原定計畫，開始努力料理肉餡。

首先用平底鍋把切碎的洋蔥末慢慢炒成焦糖色。

將焦黃的洋蔥末起鍋後倒入調理盆內，再加入混合絞肉、高湯、鹽與胡椒來進行調味，同時將所有材料和勻，捏成略小於漢堡排的柱狀橢圓形。

在剛才炒洋蔥的平底鍋內放入奶油使其融化，再加入牛奶與麵粉攪拌均勻，煮成奶油白醬備用。

「葵，白菜處理完了。」

竹千代大人又再次呼喚我的名字，報告工作進度。

他們倆似乎已幫忙將一整顆白菜的菜葉剝完並且清洗乾淨了。

將這些白菜葉用大鍋略蒸過一會兒拿起來，在料理台上小心地完整攤平以避免破損，接著再用擀麵棍敲打菜梗的部分。小男生似乎會喜歡這種作業，於是我請竹千代大人也一起來幫忙。

「這要用在什麼地方？」

「嗯？這些白菜呀，要用來捲剛才準備好的肉餡。我會示範一次，你看仔細唷。」

竹千代大人跟律子夫人一起認真地注視著我的動作。

將事先塑型完畢的肉餡放在白菜菜葉上，捲呀捲地包起來……最後插入牙籤確實固定形狀。

「這步驟可能有一點難，要試試看嗎？」

「嗯！我要試試！」

明明應該很討厭吃飯的竹千代大人，現在已經徹底享受料理的製作過程，對於這項步驟也躍躍欲試。

我會選擇難度不高但手工步驟繁多的料理，就是為了讓他像這樣親手觸碰蔬菜，充分體驗親自製作料理的感受。

即使目前依然「討厭」或是「不想吃」也沒關係。

如果在親手製作的過程中能體會到樂趣，最後一定會想嘗嘗成品的才是。

「那麼律子夫人，請您從旁協助竹千代大人。」

「我明白了。呵呵，葵小姐果然很可靠呢，以後一定能成為一位好母親的。」

「我當母親什麼的……太早了啦。」

臉頰莫名一陣熱燙。

被竹千代大人指出「葵的臉好紅」，我猛搖了搖頭否認。

在他們倆費工地幫忙準備白菜捲的同時，我則開始著手使用剛才做好的奶油白醬，來燉煮冬天吃最美味的和風番茄奶油濃湯。

將事先準備好的奶油白醬、酒與剝皮番茄用調理機打成泥狀後，倒入用小魚干熬出高湯的鍋裡攪拌均勻，小火燉煮一陣子。

接著再另外準備一只蒸籠，將綠花椰菜、櫻花胡蘿蔔、馬鈴薯與玉米先蒸好備用。

「完、完工了……葵，我捲完了這些叫白菜捲的東西。」

「哇～～你做得太棒了。」

竹千代大人與律子夫人製作完成的白菜捲，雖然形狀稍微有些歪歪扭扭的，不過以初學者來說已經很棒了。將這些白菜捲鋪滿在另外一只鍋子底部，緩緩淋入番茄奶油濃湯，再加入蒸過的紅蘿蔔櫻花與玉米粒燉煮大約二十分。唯獨綠花椰菜這一樣配料，等起鍋前再放入鍋內為佳。

「竹千代大人，你累了吧？稍微休息一會兒吧。」

「不，不會。」

他猛然回過神來，搖了搖頭。

不過他看起來還是略顯疲態，於是我決定請他稍作休息。

「在燉煮番茄奶油燉白菜捲的這段空檔，就是休息時間囉。啊，對了。趁這段時間，你能幫我用牙籤做旗子嗎？」

「旗子？」

「嗯嗯，其實只是小小的裝飾旗啦。要請你幫忙畫一些自己喜歡的標誌……圖案之類的。」

我拿出事先準備好的小旗子，是利用牙籤貼上白紙做成的。

雖然竹千代大人一臉不明所以，不過接下來就交由律子夫人來協助他，先將他帶出了廚房。看他還想繼續幫忙，於是我跟他約定好，等我這邊的準備作業進行完畢之後，會再請他來幫忙最後的完成步驟。

「好了，接下來呢就得由我三兩下迅速搞定才行囉。」

我首先把妖都蔬菜之一「北樂白蘿蔔」磨成泥狀。看起來新鮮水嫩的白蘿蔔泥，試舔一口發現，濃厚的鮮甜中帶著微微的辛辣，滋味絕妙。

另外我也開始處理剛才用蒸籠蒸過的馬鈴薯。

這馬鈴薯並不是要放入剛才的濃湯裡煮，而是接下來要製作「白蘿蔔薯餅」的材料。

將白蘿蔔泥與蒸過的馬鈴薯放入調理盆中壓碎，確實攪拌均勻後加入麵粉與太白粉，不停地揉捏揉捏再揉捏，再捏成一個個圓餅……

「好，接下來只剩下油煎的步驟了。」

在平底鍋內倒油熱鍋，將圓餅狀的薯餅下鍋煎到表面焦脆之後便可起鍋。

我嘗了一個試試味道，外皮酥脆，裡面吃起來則鬆軟又有彈性。

加了白蘿蔔泥使口感更加多汁，而且又健康。嗯，這個好吃。而且完全感覺不出來有吃到白蘿蔔呢。

「白蘿蔔薯餅也是爺爺以前擅長做的下酒菜呢。」

這也是我剛開始下廚時，跟爺爺學會的一道菜。

小時候的我其實也討厭吃白蘿蔔，爺爺為了讓我克服偏食，才教我做這道料理。

白蘿蔔薯餅很適合做為下酒菜，而且也是小朋友會喜歡的口味。在我的兒童餐裡可說是替代版的可樂餅吧。

「接下來呢，最後就是高菜拌飯了。」

高菜拌飯，又稱為高菜炒飯。

這是一道在現代日本也常出現在餐桌上的經典家常菜。

使用外面買回來的醃高菜切成碎末，再加飯拌炒均勻是最基本的做法，不過我想針對醃高菜本身多加一道手續。

那就是先將醃高菜變化為「油炒高菜」。

「醃高菜帶有濃烈的酸味，醬菜味太重，而油炒高菜甘甜中帶著微辣，同時又增添溫醇的風味，非常好吃喔。」

油炒高菜——九州地區熟悉的家常味。

將醃高菜取出後用力擰乾水分，在醬菜爽脆的聲響下切成細條狀。在平底鍋內加入芝麻油、紅辣椒丁爆香後，將醃高菜絲下鍋拌炒，加入醬油、酒、味醂、砂糖以及熬高湯剩下的小魚干，繼續拌炒至收乾。

等鍋內散發出芝麻油的濃厚香氣後，稍微試一下味道，確認甜中帶辣的滋味是否恰到好處。

這道油炒高菜最推薦的吃法，就是直接在白飯上堆成一座小山，再大口大口扒入嘴裡，保證一定會想再來一碗。

「不過今天要做成炒飯呢。」

剛才使用過的洋蔥、胡蘿蔔、花椰菜梗等材料，其實我都預先保留了一點並切絲備用。另外還有玉米粒。

將這些蔬菜用奶油炒過，再加入白飯與油炒高菜再次拌炒至米飯粒粒分明之後，加入鹽與胡椒調味即可起鍋。

由於油炒高菜已經帶有濃厚風味，光是簡單調味一下就已相當完美。

「好，最後只剩下擺盤了。」

此時我再度把竹千代大人與律子夫人請了過來。

兩人彷彿已期待許久，馬上就進到廚房裡。

「哇～～好迷人的香氣呢，葵小姐。」

「味道，好香……」

竹千代大人也小聲嘟噥了一句。

或許是空腹漸漸受到刺激的關係，他的肚子發出咕嚕的叫聲。他本人似乎也對此相當吃驚，不由自主摸了摸自己的肚子。

然而他仍未說出「好想吃」這句話。

「竹千代大人，可以幫我擺盤嗎？」

「……擺盤？」

我在他面前示範了一次。

這次請律子夫人準備的是扁平的大盤子。一般來說，這應該是日式高級傳統料亭等餐廳會用來盛裝各式前菜，裝飾得色彩繽紛的餐盤，但這次將成為兒童餐的容器。

首先我將剛才的高菜炒飯盛進小圓碗裡，再倒扣在這個盤子上。完美的半圓形炒飯山便完成。

「噢噢～」

律子夫人與竹千代大人紛紛發出驚嘆的聲音。

「竹千代大人，旗子做好了嗎？要插在山頂這裡喔。」

他依照我的吩咐，將緊握在手中的小旗子插在高菜炒飯的頂端。

旗子上的圖案讓我有種似曾相識的感覺……好像是某種類似家徽的標誌。

上頭是櫻花圖案。

「那是妖王家的家徽唷，被稱為『同心圓之櫻』。」

被雙層的同心圓所圍繞的櫻花，原來如此。

想必是因為這樣，剛才在壓製櫻花形狀的胡蘿蔔片時，他才會顯得有些興奮吧？

「嗯……那我來畫個天字圓紋吧。」

「那麼我要畫縫大人的杜若紋家徽。」

我與律子夫人也各自製作自己最熟悉的家徽小旗，分別插在高菜炒飯的頂端。

「再來呢，使用有一定深度的掌心大小器皿，裝入一捲燉煮入味的白菜捲，淋上番茄奶油濃湯後放進餐盤，接著把薯餅排在前方的空位……」

在餐盤空隙擺上切塊番茄與沒用完的櫻花胡蘿蔔，完成單盤套餐的裝飾後，這道頗為豪華的兒童餐便可上桌。

雖然沒有經典的炸蝦與可樂餅，不過這確實是兒童餐沒錯。無論別人怎麼說，這無庸置疑是兒童餐。

不但集合小朋友最愛的菜色，還能均衡攝取蔬菜。

而且竹千代大人也用盡全力幫忙完成。

「那麼來開動吧！竹千代大人。」

「……」

然而他凝視著大功告成的兒童套餐，嘴巴又開又合的，就是說不出「好想吃」一句話。

「果然還是沒食欲嗎？」

我再次開口詢問竹千代大人，結果他緊緊握拳，表情彷彿像個即將踏上沙場的男人。

「我要吃。」

他堅定地回答。

原來對於現在的他而言，「吃」這件事是需要下定如此重大的決心，鼓足所有勇氣往前踏出一步的挑戰。

我們興沖沖地將兒童餐端往了隔壁房。

其實呢，我已先請律子夫人準備好暖爐桌了。

雖然是張小小的矮飯桌，不過我們只有三個人，所以還擠得下。

大小大概勉強放得下三盤兒童餐再加上各自的茶杯而已。

不過像這樣兩大一小緊緊挨著共同享用兒童餐，其實感覺也不錯呢。

雖然已經是晚餐時間了。而且以享用兒童餐來說，這用餐環境有點太過日式了一點。（註4）

「開動！」

不過這些問題根本無所謂，我們已迫不及待要來大快朵頤。

就連原本對於吃飯那麼心不甘情不願的竹千代大人，在下定決心之後也露出等不及想快點嘗嘗的表情。

自己親自買回來的蔬菜，自己親手完成的料理。

究竟會是什麼樣的滋味呢？

他不可能不好奇。

過去的我也一樣，在剛開始進廚房幫忙爺爺下廚時，就算使用了討厭的食材，還是很在意最後成就了怎麼樣的口味。

這已經與對食物的喜好無關，而是一股強烈的好奇心。

這也將帶動一股顧不了挑不挑食的飢餓感。

註4：日本「兒童餐」的定義為西式風格的兒童午餐，但大多不限於午餐時段。

竹千代大人首先拿湯匙撈起燉煮白菜捲的番茄奶油濃湯，試喝了一口。

「……好好喝。」

他露出似乎很驚訝的表情，小聲地說。

在認真端詳了一次煮得入味的櫻花胡蘿蔔之後，他配著濃湯一起放入口中。

這本來應該是他討厭的蔬菜之一，不過他似乎看在自己費了一番工夫才完成，所以還是試著嘗了一口。

「如何？」

「……有胡蘿蔔味。」

「哈哈哈，的確是這樣吧。」

他露出複雜的表情，似乎還是吃出了討厭的胡蘿蔔味道。不過至少勇敢吃了第一口，這是很重要的。

而且胡蘿蔔放在奶油濃湯裡燉煮後，軟嫩口感與鮮甜滋味更加突出，能稍微中和掉本身的味道。竹千代大人雖然皺著眉頭，但是在番茄奶油濃湯的力量加持下，大口大口把剩下的三片櫻花胡蘿蔔吃掉了。實在太了不起了！

可能因為今天出門四處奔走，回來之後又進行不少勞動，讓他的肚子特別餓吧。

空腹是最佳的調味料。有飢餓當後盾，這時挑戰討厭的食物或許是最佳時機。

「也嘗嘗用這番茄奶油濃湯燉煮的白菜捲吧。吃的時候小心點，肉汁會滴下來唷。」

「嗯，啊……這個倒是很好吃。」

白菜捲軟爛好入口，而且本身的味道又易於被接受，最重要的是裡面包的肉餡所溢出的肉汁確實滲入菜葉縫隙之中，相當美味。

「哎呀，葵小姐。這道高菜炒飯也相當美味呢。裡頭的醃高菜有先用芝麻油炒過嗎？總覺得這滋味令人很懷念……」

「這是九州地區的鄉村料理，油炒高菜。我想說律子夫人您出身自九州，應該對這樣的口味很熟悉。」

看來她似乎已沉醉在充滿家鄉情懷的這道料理之中。

「葵、葵，這是什麼？薯類嗎？」

「嗯嗯，沒錯喔。其實呀，這是津場木史郎最常吃的食物，為他帶來強大與精力的來源。外皮煎得酥酥脆脆的很好吃喔。裡面已經有調味過了，不過也可以沾著我準備的醬油口味醬汁來享用。」

「哦？啊，好好吃……酥酥脆脆的。」

「呵呵呵。其實這裡面加了白蘿蔔呢。」

「咦？」

當我爆料這其實是加了白蘿蔔泥的薯餅時，竹千代大人臉色轉為鐵青。不過他似乎無法否定剛才自己所體會到的美味，還是繼續吃起酥脆的薯餅。

這樣才對嘛。

像這樣大家一邊享用美食，一邊交換心得的用餐時光，真的很美好。

昨天第一次見到竹千代大人時，還覺得他是個不愛笑又難搞的小孩，而現在他也露出孩子應有的稚嫩笑容，品嘗著一道道料理。

然而，他在剩下最後一口時停下動作，開始說：

「真希望有一天能讓母親大人……也嘗嘗這些料理啊。如果是這麼好吃的東西，我想她會願意入口的。」

「那我認為竹千代大人親手做給母親，會是最好的方式唷。我將今天做的料理整理在紙上，你未來找一天做給母親吃吧。」

「……嗯！」

他露出至今為止最閃耀明亮的眼神，對我點了點頭。

留下生病的母親，自己一個人吃飯的罪惡感，現在已經昇華為「希望有一天能讓母親嘗嘗自己做的菜」這樣的願望與目標了。

我想唯有成功克服這點之後，那孩子才能真正地享受吃這件事。

最後我將橘子端過來，做為這餐的甜點。橘子除了剝皮冷凍過，並沒有做其他處理，我們就這樣直接在暖爐桌裡享用。雖然完全稱不上一道料理，不過口感從一開始的硬邦邦到後來漸漸融化為冰沙，體驗過程中的不同風味也是一種樂趣。而且最重要的是，在暖暖的暖爐桌裡吃著冰冰的橘子當甜點，令人感覺格外美味呢。

這又是一種專屬於冬天的情趣。

「呵呵，竹千代大人真是的，今天這麼早就睡著了。」

律子夫人摸了摸飽餐一頓後躺著入睡的竹千代大人的頭。

他的睡姿相當可愛，就像個孩子。

聽說他最近幾乎處於沒有進食，夜不成眠的狀態。

他果然認定自己是被逐至王宮之外，雖然還是個孩子卻無法擺脫這股憂愁的心情，而變得鬱鬱寡歡吧。真替他不捨。

「能順利讓他吃下東西真的太好了。」

「這全是葵小姐的功勞。是妳成功把他帶出門散心，讓他一起下廚……連養育過好幾個孩子長大的我，都很難勝任這樣的任務。」

「與其說是我的功勞，我想爺爺的存在感應該更重要吧。我只是利用他的影響力來做料理罷了。」

至今為止已經受到爺爺無數次的幫助。

雖然也曾因為我是他孫女的身分而跟別人結怨，不過相較之下，大多時候還是被他所解救。

正因如此，我才對他沒有一絲怨恨吧。

「小孩子果然還是要帶著笑容吃飯才對啊。」

「是呀。充滿歡笑的餐桌能令人恢復活力，是最有效的萬靈丹。過去的我也是在爺爺營造的美好用餐時光中長大的。」

當晚，我依照約定將今天一起製作的料理食譜整理成筆記。

上頭還附了插圖，雖然畫得不太好。

為了讓竹千代大人在沒有我的協助下也能回想起今天的料理，並且獨力完成，我盡可能地詳細記載所有步驟。

無論發生再難過的事，或是內心生病了，若能享受一段暖心的美味用餐時光，身心都能靜靜地得到療癒。

希望在未來的某一天，竹千代大人的母親能吃到兒子親手做的料理，親口對他說「很好吃」，並且有所好轉。

希望那對母子都能找回從前滿滿的活力。

我想這將是治療竹千代大人心中傷口的最後一帖處方箋。

第四話 妖都迷宮

這是關於一位人類英雄的傳奇故事。

穿越了隱蔽洞穴，史郎從「現世」降臨到了「隱世」。

他聽聞此處有惡鬼作惡多端的傳言，便尋找志同道合的妖怪同伴，一起踏上打鬼的旅程。

第一隻妖怪是黑鐵豬。

第二隻妖怪是赤銅熊。

第三隻妖怪是白銀大鴿。

妖怪們收下史郎從現世帶來的奇妙點心「馬可龍」，成為他的同伴。

史郎與妖怪同伴一行人跨越黑海，前往惡鬼的巢窟所在地「鬼禍島」，將為非作歹的惡鬼們一網打盡，帶著寶藏凱旋歸來……

從圖書館借閱這本《史郎大冒險》是昨天的事了。

我反覆讀了這本繪本好幾次，怎麼看都是隱世版桃太郎。

不過，收下點心一起同行的不是猴子、狗與雉雞，而換成豬、熊還有大鴿。聽說這是比照守衛妖都的三大將軍家。

「奇妙的點心『馬可龍』又是……啊，是指馬卡龍嗎？」

看了繪本上的插圖也無從得知，上面只畫了圓圓的神祕物體。

桃太郎是帶著奶奶做的糯米糰子，但為了符合現世風格，所以這裡換成比較有現代感的馬卡龍嗎？

是說這本繪本的作家竟然還知道這種甜點啊。

以隱世小朋友的觀點來看，叫「馬可龍」的這種食物應該充滿神祕感吧，就像一句咒語。

如果這真是馬卡龍，我想他們實際嘗過之後應該還是會覺得不可思議，畢竟是口感那麼獨特的點心。

「對了，之後也來做做看好了。手邊沒有杏仁粉，必須找找才行。我記得月之目區那邊應該有五穀雜糧的專賣店，如果能買到杏仁粉就好了。」

「葵小姐，方便打擾一會兒嗎？」

「啊，是！」

正當我一個人待在房裡喃喃自語時，律子夫人前來了。

她手裡抱著一只收納和服用的扁平盒子。

「看妳好像正好要出門一趟，我這裡有套和服想給妳穿。雖然是我以前穿過的，不過保存得很好。」

「咦！哇……」

這套深藍色的和服設計簡約典雅，搭配亮眼的紅色繡花腰帶與銀色的腰帶裝飾繩。

「這和服看起來真高級……可是，真的可以借我嗎？」

「當然。應該說，要在月之目區行走，這樣的造型還比較不引人注目。上頭有我們家的家徽，若真有個萬一，應該能讓葵小姐免於陷入危險吧。」

的確，昨天穿著樸素的和服出門，反而格外顯眼。

畢竟在這裡，就連貴族的佣人也都穿得滿體面的。身上這套是我平常在夕顏穿的，有什麼辦法……

不過話說回來，律子夫人為我拿來的這套和服還真美。

布料上散發著輕柔的香氣，不知道是不是事先為我焚香薰過。

手邊只有夕顏這套和服的我，順從律子夫人的好意，借穿了她的舊和服。因為現在是冬天，也順便借了件淺色的外褂。

「葵，妳要出門？」

此時竹千代大人正好也來到了我的房裡。

他懷裡抱著上次那隻烏龜。

「嗯，竹千代大人。為了夜鷹號明晚的營業，我今天也要出門採購食材。結束後會直接回天神屋一趟，不過還會再回到這裡來的。到時候我會做好名叫『馬卡龍』的點心帶來給你唷。」

「馬卡龍……馬可龍嗎？」

「嗯，就是史郎分送給妖怪同伴的那個奇妙點心。其實做法意外地簡單喔。」

我伸出食指抵在唇上，向他露出了微笑。他的神情一瞬間明亮了起來，為了原本只能透過繪本了解的夢幻點心而雀躍無比。

這一趟還必須先找齊馬卡龍的材料才行呢。

「啊，對了。竹千代大人，我昨天晚上努力寫下來了，你收下吧。」

我把恰巧剛完成的食譜筆記遞給了他，上頭寫著昨天的兒童餐製作步驟。

「這是……昨天的料理做法嗎？」

「對呀。只要有了食譜，隨時都可以做出昨天的料理。找一天做給你母親吃吧。」

我注視著竹千代大人的雙眼，輕撫著他的頭露出微笑。而他也直直回望著我，堅定地點頭答應。

為母親下廚啊……

說出這番話的我，其實自己毫無經驗呢。

「葵殿下。」

「哇！佐助，原來你在這啊！」

才剛從縫陰宅邸的緣廊走向外面的庭園——

我便發現佐助就降落在我的身旁，他原本似乎躲在屋頂上。

他身上穿著並非平時的忍者裝扮，而是高級的和服加上外褂，在這一帶走動也毫不突兀。我不禁上下打量著他的造型。

「在下今天被指派負責保護葵殿下的安全是也。您要去籌備食材是嗎？」

「嗯，我有一些新點子想加進菜單裡，想說在妖都這先買齊。」

「……在下與您同行是也。」

「有佐助跟著，我也覺得安心多了呢。」

我們各自戴上面具，搭乘小船從縫陰家離開，前進妖都市中心——月之目區。

「葵殿下，您要前往哪裡是也？」

「這個嘛，昨天在蔬果行看到了一些感興趣的食材，想先去那邊。」

我請船夫駛向昨天前往採購的那家蔬果行。

「上一回晚上在夜鷹號賣漢堡，明天要改賣湯品。」

「湯品？」

「對呀，想說難得來到這，就準備一些使用妖都蔬菜的湯品料理好了。因為妖都蔬菜真的很美味啊。」

「在下能明白，在下也喜歡妖都的蔬菜是也。」

「你喜歡哪些?」

「洋蔥、白蘿蔔、薯類,還有白蘿蔔。」

「哈哈哈!你跟竹千代大人相反,真喜歡白蘿蔔耶。說起來佐助你本來就不挑食嘛。我也沒看過其他小鐮鼬不吃蔬菜。年紀輕輕卻不會偏食,真了不起耶。」

「因為家父自幼就嚴格規定我們不許挑食是也,他特別強調討厭吃蔬菜的鐮鼬是無法成為獨當一面的忍者是也。我們的目標是成為像家父一樣強大的忍者,每天飽食三餐,強身健體,努力修行是也。」

家父——佐助口中喊的是庭園長才藏先生,也就是他的親生父親。

以護衛身分與大老闆同行外出的他,目前也是了無音訊的狀態。

佐助雖然對此隻字不提,但心裡也還是會擔心自己父親的安危吧。

佐助在說話的同時,用眼神掃視著妖都四周。簡直就像無時無刻不在找尋父親的身影。

「家父再三囑咐不可挑食確實是原因之一,不過最主要是我們家在餐桌上原本就是弱肉強食。因為兄弟姊妹眾多,為了搶到食物大家都拚了命是也。這種時候已經顧不了挑不挑食是也。」

「原、原來如此。」

我想起每天總是一大清早來到夕顏討食物的小鐮鼬們。

他們無論吃什麼都一臉滿足,而且個個都是大胃王。

為了成為忍者而每日修行的他們，肚子自然也容易餓吧。

聽他說加上兄弟姊妹人口眾多，在餐桌前也容易燃起戰火。

「對了，佐助。小愛過得還好嗎？還有小不點，你知道他的近況嗎？」

「根據今天早上搭接駁船過來的庭園師轉述，愛殿下在對外露面時都會依照命令幻化為葵殿下的樣貌來生活，並且很享受一個人的自由……偶爾在快活之餘遵守葵殿下的囑咐，幫忙準備料理的前置工作。」

「不愧是小愛，我行我素呢。」

前陣子的她只要失去我的靈力就會馬上回到墜子裡，現在已經能獨自在夕顏工作，根據自我意識的行動也漸漸變多了。

「小不點殿下的消息，在下則沒聽說是也。」

「……這樣啊。」

小不點雖然也是個自由奔放，常常一個人亂跑出去玩的小傢伙，但前提是身邊有我在。那孩子對於「被獨自留在原地」這一點常常特別敏感。

我有點掛念他的狀況。今天晚一點就會回天神屋了，必須先好好關心小不點……

在對話的同時，小船已經抵達離那家蔬果行最近的停船場。

我與佐助下船後進入店內。

啊，找到了。我昨天就一直很在意的蔬菜。

「您要找的是何種蔬菜是也？」

「那就是……甜菜！」

我拿起一顆甜菜在手上給佐助看。

這與一般的白色蕪菁不同，帶著血一般的濃濁紅黑色，別名為紅菜頭。

「雖然外型近似蕪菁，但其實兩者並不是相近品種。這種植物的糖分非常高喔。」

「如此鮮紅的蔬菜，要用在什麼料理是也？」

佐助對於這種沒嘗過的紅色蔬菜相當感興趣。

不過這觸目驚心的顏色，似乎讓他不解到底能運用在怎樣的料理上。

「這個呀，我是要來拿煮羅宋湯用的。」

「……羅宋湯？」

「在現世是很有名的俄羅斯料理唷，在冬天特別想吃的一種燉菜湯。」

明天的夜鷹號將變身為湯品屋。

我打算使用紅蕪菁還有妖都蔬菜中的「南陽洋蔥」與「西卷胡蘿蔔」來煮個香濃的羅宋湯。

這裡還有高麗菜、白菜跟薯類……啊，還有小黃瓜。好大一條小黃瓜，小不點應該會很愛吧。多買一點回去好了。

「啊、葵殿下！請低下身是也。」

「哇！」

佐助在蔬果行裡壓住我的頭，硬是讓我彎下身。

這樣的舉動在店裡實在太詭異，然而他正在對店外一艘正橫穿過主要航道的空中飛船嚴加戒備。

那艘飛船的船體為深紫色，上頭有三寶玉形狀的家徽。

「那是東南大地的八葉『大湖串糕點屋』的空中飛船是也。」

「大湖串糕點屋……啊啊，那個喔。」

那是在隱世這裡無人不知的和菓子老店。

我記得好像是洗豆妖經營的。

「他們與宮中及妖都貴族往來密切，並且深受喜愛甜點的妖怪們大力支持。他們的甜點甚至被認為擁有左右隱世政治的力量是也。沒住過天神屋的妖怪可能很多，但沒吃過這家點心的妖怪幾乎不存在。從這層面來說，他們在知名度上也許勝過天神屋。」

「這的確是……」

擁有多位宮中御用的甜點師傅，各店鋪所販售的商品從高級和菓子到平民也能入手的平價和菓子，乃至小朋友用零用錢也買得起的糯米糰子與甜饅頭，各種經典日式點心應有盡有。

記得有些夕顏的熟客偶爾也會買這家的糯米糰子帶來店裡送我。

「不過，為什麼我們要躲起來？同樣身為八葉，也有交情好壞之分嗎？」

「大湖串糕點屋的洗豆妖們對於鬼的存在相當痛恨是也。」

「痛恨鬼？」

「也因此，他們對鬼神大老闆的態度明顯特別刻薄，三番兩次找天神屋的碴是也。所以天神屋的茶點與土產從來不選用他們的甜饅頭是也。」

「這麼一說我才想起來，好像真的是這樣耶。天神屋都是使用在地的幽林堂茶點嘛。」

「正如您所言是也。據說天神屋過去也曾僱用過洗豆妖的甜點師傅，不過……白葉殿下說過，大湖串糕點屋是相當重視與妖都貴族往來的八葉，這次與我們為敵的可能性也是最高的。」

「為敵……嗎？」

妖都的妖怪們無不朝著大湖串糕點屋的船隻揮手。

場面盛大得簡直就像一場遊行。

威風凜凜站在飛船甲板上的，是一位身材纖細的女子，一頭紫色長髮在髮尾處綁成一束。她身上穿著的狩衣像是男款造型，臉上畫著殿上眉(註5)配上細長的眼睛，果然充滿貴族氣質。

「那位就是大湖串糕點屋的首長，石榴大人。聽說是一位長期以來負責製作宮中御用茶點的和菓子師傅，擁有高超的手藝是也。」

「是喔，這麼厲害的師傅做的和菓子，還真想嘗一次看看耶。」

不過聽說她所製作的點心並不是一般百姓能夠嘗到的，主要是負責宮中妖王家的成員所吃的和菓子。

大湖串糕點屋的領導人所做的和菓子，究竟會是多麼講究的滋味呢。

就在一瞬間，我感覺到那位石榴大人好像望向這裡，與我的視線交會了。不過船隻仍然一路遠去，什麼事也沒發生。

「呼……已經離開了是也。」

佐助似乎從剛才就一直保持著高度警戒。

代表那位八葉與我們為敵的可能性，果然很高吧。

也許是因為以佐助為首的庭園師們，早已入手了對方可能與天神屋對立的根據與情報。

「您接下來要去哪裡是也？」

「這個嘛，接下來……」

在蔬果行採買完畢，我們一邊觀察四周狀況，一邊靜悄悄地踏出店外。

「啊，對了。我要找一下五穀雜糧行。」

「五穀雜糧行？」

「因為我想買杏仁粉。我記得昨天在這一側有看到專賣五穀雜糧的店家招牌，不知道有沒有杏仁粉啊。」

「……葵殿下口中說出的話，有時候總覺得聽起來像咒語是也。」

我們穿越了從蔬果行前的通道所延伸的空橋，同時尋找昨天從小船上看見的五穀雜糧行，在

註5：平安時代貴族人士將原生眉毛剃除，在其上方位置以黑墨點上的圓形眉毛。

這個巨大的都市裡漫步。

一棟棟高大的建築物透過空橋與階梯上下互通。

在這裡天空顯得特別遠，陽光幾乎無法直接照射進來。我們宛如站立在一個巨大的空洞之中一般。

「啊，有了有了！五穀雜糧行『夏菜』的招牌。看來店家不是開在大馬路上，要從這樓梯下去之後才會看到。」

在大馬路上的店家旁，穿插著幾條往內延伸的細窄通道，感覺就類似後巷。

五穀雜糧行的招牌也就設置於這些細窄通道的入口處，讓客人從這裡下樓通往店內的樣子。

我們在昏暗的光線中走下樓梯，來到一條散發神奇薰香氣味的通道內，有好幾家小店並鄰其中。

這裡就像是內行人才會知道的隱密暗巷，設有五穀雜糧行、香辛料店、藥局還有鞋舖等。

我的目標「夏菜」五穀雜糧行，外頭掛著老舊的店門簾與紅燈籠，正在營業中。

懷抱著不知能否找到杏仁粉的忐忑心情，我小心翼翼地踏入店內。

「哇……好多種類的豆子跟堅果種子喔。」

排成長長一列的大瓶罐裡，除了裝有隱世這裡基本的豆子與堅果外，還有世界各地的珍奇豆種，就連異界的物產都一應俱全，讓我心中的期待更加膨脹。

「歡迎光臨，請問需要些什麼呢？」

「請問這裡有杏仁粉嗎？或是一般的杏仁堅果也可以……」

「一般杏仁的話，這裡有賣唷。」

這位臉上帶著親切笑容的猴妖，拿了一袋食用杏仁過來給我。上頭還保留著褐色的外皮，無庸置疑地是常見的水滴型杏仁。

「由於南方大地那邊的農家開始栽培杏仁，我們店裡也販售起這樣的商品了。」

「太好了，我就是在找這個！」

從對方隨口透露的資訊，我得知了原來南方大地現在連杏仁也開始種了。

「這位客人，您常需要使用杏仁嗎？很少有客人會上門買這東西呢。」

「呃，哈哈哈，因為想嘗試做一種甜點……」

「我們店裡也想要提升杏仁的銷量呢。聽說這在現世是很有人氣的堅果，但是在隱世這裡目前鮮為人知，比較清楚的客人大多也只是買來當下酒的點心。花生的話倒是賣得很好呢。」

「在隱世這裡，還有其他比較受歡迎的豆子或種子堅果類嗎？」

「啊～賣最好的果然還是紅豆吧。畢竟豆沙餡類的甜點是不可能從隱世消失的。」

「有道理，豆沙餡在妖都這裡的消耗量感覺也很大……」

順著對話的走向，我想起了剛才那群洗豆妖。

紅豆餡的點心是隱世不可或缺的東西是吧……

「啊～太好了，順利買到了杏仁。」

「那東西，吃起來好吃嗎？」

「嗯。在現世跟花生的人氣不分軒輊，而且還可以拿來做成點心。既然是南方大地出產的，下次直接從那邊訂好了……」

我登上樓梯，從昏暗的底層通往明亮處，再次回到剛才的大馬路上。

「……葵……」

就在此時，我感覺到身後傳來一陣呼喚聲，不由自主地回頭一看。

「……？」

然而樓梯後方一個人影也沒有。本以為是我的錯覺，但一陣熟悉的金色亮粉出現在我的視線範圍內，緩緩往上飄散。

「這是……」

一股香甜的氣味。這味道我絕對不會記錯。

是黃金童子。

那位座敷童子就在階梯下方——

「啊！葵殿下！請留步是也！」

我不顧佐助的制止，往下跑回剛才的階梯。

這條石階光線相當昏暗，剛才下來時並不覺得有這麼漫長，應該沒多久就能通往那間五穀雜糧行才對，這次卻莫名讓我覺得前方彷彿沒有盡頭。

難道是在哪裡不小心彎進了別條路？

不對，樓梯就只有這一條，直線往下延伸。

也許我在她的引導之下，進入了別的空間。

但就算如此，既然那位金髮的座敷童子還在前方，我覺得自己有必要再見她一面。

因為，以她的身分，也許會知道關於大老闆的什麼情報。

「？」

我在階梯的終點發現一扇大紅色的西式風格裝飾門。

那扇門的縫隙中果然微微飄出金色亮粉。

我就這樣憑著指引，試圖轉開門上的手把，然而門把上了鎖。

「怎麼辦，我哪來的鑰匙……」

鑰匙？

我突然回想起自己的和服領口底下，掛著一把穿了繩子的鑰匙。

這是以前從大老闆那邊拿到的，以黑曜石製成的鑰匙。

「我想應該不對吧……」

不過，目前我身上也只有這東西能開鎖了。

我趕緊從胸口掏出鑰匙，試著一股勁插入鎖孔內，沒想到竟然順利嵌入了。我緩緩地轉動鑰匙，結果喀嚓一聲，鎖孔響起厚重的解鎖聲。

「……這裡是……」

打開門一看，發現這裡並非妖都的繁華街道，而似乎是一片被牆壁所包圍的四方形空地。黃金童子依然不見蹤影。然而空地的中央立著一座生苔的黑曜石石碑，被冬季依然盛開的白色野花所圍繞，就只是靜靜佇立在原地。

那石碑的材質跟這把鑰匙一樣……？

石碑上寫著一行行我看不懂的內容，感覺類似古代妖怪所使用的文字。

我在石碑前佇立了一會兒。

接著吐出一聲劃破寂靜的嘆息。充滿自我厭惡感的我，用手心掩上自己的臉。

我又來了，至今為止幹過幾次這種事了。

我有個壞習慣，只要一追著什麼東西跑，就會不顧周遭狀況。

而且還跟佐助走散了，他現在應該很擔心吧。

雖然很在意黃金童子的事情，不過還是先回去吧。

「咦？呃……門……不見了。」

然而這下可傷腦筋了。轉身一看，原本被我打開的門扉已經不存在。

這種經驗以前也曾發生過。我記得是在通往天神屋地底的時候。

那一次，我也是追著迷途的小房客們踏入陌生的房間，遠離打開的門扉後，身後的門卻突然消失了。

這究竟是怎麼一回事？

「葵。」

又來了。

又是一陣呼喚我的聲音。

這次聽得更加清楚了。而這股聲音是……

「大、老闆？」

我感覺到聲音正是來自牆壁一隅的陰暗處。

從那片陰影之中，我覺得自己看見某種有著人類輪廓的模糊形體。

我屏住氣息。

我想我並不是第一次見到那個隱身在陰影之中的「某種東西」。

沒錯，在我還小的時候。在我小小的身軀躺在那個母親所拋棄的家裡，忍受飢餓折磨的那一次……

在打雷的那一夜，我第一次遇見那個從陰影中現身，與我對話的妖怪。

「欸，你是大老闆……沒錯吧？」

我用顫抖的聲音呼喚牆邊的陰暗處。

我慌忙地跑上前去，踏入陰影之中，剛才那個人形物體轉眼消失，留我一個人在原地環顧四周。

我感覺到自己越是想靠近，所追尋的那個東西越是離我更遠。

「葵。」——背後又傳來一陣呼喚聲。

此時我已確信那就是大老闆的聲音。

「抱歉，葵。我似乎無法以這副姿態回到妳身邊——」

「這副姿態」是？

「大老闆！你到底在哪裡？這副姿態又是什麼意思？」

我想見他，想親眼看到他目前的樣子。

「不管你現在是什麼樣子都無所謂，出來吧……出來啊，大老闆！」

一股好久沒能相見的難過情緒強烈地湧上。

我在這個被牆壁所包圍的空間內四處奔走，又不時停下腳步張望著周圍，仰頭望向天花板，一股勁地追尋著聲音的去向。然而卻再也沒聽見任何一句呼喚，也未能見到身影。

我明明能確定，大老闆直到剛才為止都在這裡。

「大老闆，為什麼你……」

好想見他，看看他的臉。

為何在這種地方能聽見大老闆的聲音傳來，我毫無頭緒。

他目前應該被抓進了王宮才對吧。還是說，剛才那根本不是大老闆？

不，那確實就是他的聲音。

我能篤定那個狀似人影的形體就是大老闆，原因就在於我小時候確確實實見過他。果然當時那個妖怪就是他。

而剛才的身影，就是大老闆被揭穿原形後的真實模樣……？

「……咦？」

偶然抬起臉的我，發現前一刻還找不到的門扉再次出現了。

在我正前方牆面上有一扇厚重的青色石門，不帶任何裝飾。

我急忙跑上前去，發現門果然鎖著，便試著將原本掛在胸前的黑曜石插進鎖孔轉動。

踏出了青色的石門，我發覺前方是……

「咦……墳墓？」

這裡竟然是一片墓地，並排著幾座歪扭的墓碑。

和現世的墓地不太一樣，這些細長的墓碑就像直接從地面竄起，上頭爬滿藤蔓植物，並且分別綻放出花朵。

這一片墓地寂靜無聲，然而依然不見大老闆的蹤影。

「大老闆……」

我不由自主地癱坐在地，同時對於自己竟然如此想念大老闆這件事，感到微微的動搖與無比的驚訝。

「妳說誰是大老闆呀？」

就在此時——

一隻手毫無預警地從身後伸了過來，輕放上我的肩。

我感到顫慄的原因在於，這聲音我有印象，而且並不是什麼好印象。

為了不被隱約浮上心頭的過往陰霾所擊敗，我嚥了一口口水，繃緊表情回頭一看。

叮鈴鈴……

一身金屬材質的首飾發出摩擦聲響，以及那頭顏色淺得透光的金色長髮。

這個打扮如此氣派的妖怪是誰，即使我想忘也忘不掉。

「雷獸。」

「好久不見啦～小葵，上次在天神屋承蒙照顧了呢。」

他揮了揮手，露出親切得詭異的笑容。

我直直瞪著他，絲毫沒有掩飾對這妖怪的敵意。

在墓地遇見這傢伙可真是笑不出來。不過這男人對我們來說，的確是死神般的存在呢。

「我知道陷害大老闆的就是你，快把大老闆還給天神屋。為了不讓你篡奪這個位置，天神屋上下都竭盡全力。」

「哈哈！這才好呀。你們要是不拚了老命，我也提不起勁嘛。」

他發出可憎的笑聲，他總是樂於欣賞別人的悲劇並嘲笑。

「更何況，我也是很努力的呢。為了把逃走的大老闆給逮回來。」

「……逃走的大老闆？什麼意思？」

「就如同字面上的意思囉。大老闆從王宮的牢獄中逃亡了。是那位黃金童子與妳們天神屋幫他引路的吧？」

「……」

「我追查著大老闆的去向，一路來到這裡。」

果然，剛才那正是大老闆沒有錯。

他從王宮逃獄……然後來到這裡就是為了見我？

「可惡。我本來就不信那個可恨的大老闆會老實就範，沒想到竟然真的趁我被白夜那傢伙分散注意力時，從宮中牢獄逃脫，消聲匿跡……不過有小葵在這裡，逃之夭夭的他也會回來吧？」

「你……」

「啊啊，不過大老闆他呀，可能已經不願見到小葵妳囉。妳或許沒注意到，那個鬼男已經喪失大半的力量了。一旦被迫露出原形，他現在可能再也無法完全幻化回原本那個老神在在的可恨姿態了。」

這個男的究竟在說什麼？

光是得知大老闆從宮中逃獄這個資訊就已經夠令我混亂了，接連而來的一番話讓我越聽越是一頭霧水。

「等等，說到底，大老闆現在究竟在哪？」

「啥？我才想問咧。本來想當著眾人的面，把那傢伙就地正法的。」

「當著眾人的面就地正法……你、你倒是說說大老闆他到底做了什麼啊！他哪像你幹盡壞事！」

我不由自主提高音量。

雷獸臉上浮現令人不快的笑容，用手將蓋在眼前的長瀏海往後梳起。

「小葵，妳還真敢說呀。不過呢，這隱世就是有一種光是活著就罪大惡極的妖怪喔。同時也有另一種光是存在本身就備受景仰的妖怪，就像我一樣。」

「你！」

這傢伙莫名地令人火大，還在我的耳邊繼續耳語著。

「大老闆他就是不該存在於隱世的妖怪喔。只要有那傢伙在，隱世就會陷入過往的亂世。必須再次將他『封印』起來才行。」

「……封印？」

我無法理解。

大老闆他的身分，究竟是什麼？

從心底湧現的龐大不安感與惡寒，讓我全身不禁顫抖。

這傢伙恐怕是明白我無法參透，才故意跟我說這些的，因為無知所以才會感到恐懼。他正看著我不安的模樣並且訕笑著。

「算了，也罷。我還以為妳待在天神屋裡，所以遲遲未出手。既然妳人在這裡，那事情就好辦了。能不能請妳當一下誘餌，把大老闆釣出來呀？眼看著未婚妻即將面臨被推落溪谷之類的下場，那傢伙總會現身的吧。即使最後沒出現，這結局也夠爆笑了。」

雷獸緊緊抓住我的手臂。

我試圖甩掉他的手，但我的力量完全無法與妖怪抗衡。

「哈哈哈哈哈！虧妳還是津場木史郎的孫女，太弱了太弱了！現在又不是靠廚藝就能脫身的時候。啊，不如我乾脆把這隻手封印起來，讓妳暫時下不了廚吧。就像上次失去味覺一樣。」

雷獸扭著我的手臂，對痛得表情扭曲的我施加言語威脅，把我逼到絕境。

「不過算了，這也無關緊要吧。這次光憑妳的廚藝，根本無法改變什麼。畢竟大老闆與天神屋所面臨的問題，可不是區區一頓飯就能解決的。」

「……」

往常的我，並不會因為這種威脅而畏縮。

然而這次卻不同，為什麼呢……

光憑妳的廚藝，根本無法改變什麼——這句充滿絕望的話迴盪在我的心裡。

尚未全盤了解事情嚴重性而產生的不安感，開始折磨著我自己。

果然，我能做到的只有下廚，而這一點無論怎麼努力也無法成為拯救天神屋與大老闆的力量。沒錯，我心中也出現了惡魔的低喃。

雷獸對著身後他率領而來的銀鴿士兵們下令「把她帶回牢裡」，並企圖壓著我就範。

然而——

「你這傢伙還是一樣卑鄙無恥，喜歡欺負弱小啊。」

這道聲音不知從何處傳了過來，熟悉的冷淡語氣中夾雜著嘆息。

原本包圍我的鴿面士兵們接連應聲倒地。

雷獸雖然馬上拉回我的手臂，卻被以迅雷不及掩耳的速度出現於身後的庭園師佐助拿著小型匕首抵上頸子。

雷獸不耐地「嘖」了一聲，馬上瞪著前方——大型墓碑旁的石柱。

「被釣上鉤的魚是你才對，雷獸。」

無聲無息從石柱後方現身的，是一位頭戴斗笠、身穿白色和服的青年。

不，稱對方為青年似乎有失禮節。

他正是從天神屋創立初期便負責撐門抵戶的會計長，白夜先生本人。

「白夜，你這傢伙……」

「哼，上次被我從樓梯上推下去的傷已經痊癒了？看你這陣子似乎鬼鬼祟祟地避開我的耳目，這次把葵晾在你面前，總算忍不住追了過來是吧。」

咦……不會吧？難不成，白夜先生把我當成誘餌來利用？

「白夜！反正你也是求助黃金童子，請她幫忙引路以協助逃獄吧。妖王大人這次怒不可遏，天神屋休想全身而退！」

「少廢話。」

白夜先生狠狠收起手中的摺扇，壓低雙眼露出冰冷的眼神。

「你還是一樣，一開口就講些小肚雞腸的事情吵個不停。我才要問你到底給妖王灌輸了一些什麼東西。」

「哈！我好心拆穿那個鬼神其實就是『邪鬼』的身分！還揭發他的真面目做為證明！邪鬼是過去讓隱世陷入混沌的邪惡存在，那傢伙，跟他的同族們全都應該受到封印。這一點你應該最清楚才是啊，白夜！」

「……」

白夜先生對雷獸這番話陷入無語，然而沒一會兒便靜靜地將摺扇甩開掩嘴。

簡直就像在掩飾自己臉上的笑意。

「雷獸，你嘴巴真的是很大呢，所以才說你愚蠢。」

「啥？」

「也罷，你的蠢已經無藥可救了，也沒有治療的必要。」

白夜先生對雷獸露出輕蔑的嗤笑，搧動著手中的摺扇。

一陣帶著淡淡顏色的煙霧隨即瀰漫現場，包圍他自己、我，還有在雷獸身後的佐助。

「嘖！神隱之術！」

我們三人與雷獸之間緩緩形成一道隔閡，感覺就像雙方逐漸拉開距離。

雷獸原本緊抓著我的那隻手，在不知不覺間也鬆了開來。

「要逃之夭夭嗎，白夜！冷酷無情的你明明拋棄了故鄉，拋棄了妖都！這次也同樣切割掉天神屋不就行了嗎！」

此刻只剩下雷獸被逼急的怒吼聲，迴盪在我們周圍。

故鄉？

這陣濃厚的煙霧相當冰冷，圍繞著全身上下。

我感覺自己聽見一陣不知從何處傳來「快跑」、「快跑」的命令聲，於是便依照指令跑了起來。

能望見的只有遠方隱隱約約的光點。

我下意識地朝著光點跑，圍繞我的煙霧終於散去，全身沐浴在光芒之中。

「……」

滴答……滴答……

我聽見某處傳來老時鐘走動的聲音。

回過神來，發現自己站在一間放滿古董品，充滿灰塵的儲藏室裡。

「身體感覺還好嗎？葵。」

儲藏室的門打開了。

剛才的聲音是來自白夜先生，他背對著房間另一側發出的暖光照明，淡定地站在那兒。

「身體……感覺沒有什麼問題。只不過，在這麼短的時間內移動了這麼多地方，回過神來不知道自己身在何處，又發生了什麼狀況，覺得很茫然。」

「呵，我想也是。」

白夜先生的眼神微微瞥向我的肩膀。

我循著他的視線一看，發現金色的亮粉灑落並附著在我的肩上。

「看來原因在於妳光是今天就二度被神隱之術所解救吧。一次是黃金童子大人，一次則是我。那是一種對肉體強行進行空間轉移的高等妖術，施展起來連我都會累，對人類的妳來說，負擔也許很大吧。」

「不……我身體方面並沒有感覺特別疲勞。」

「妳這個姑娘還是一樣耐操呢。」

不過，原來如此。當時會穿越那道門進入別的世界，原來是黃金童子的神隱術嗎？

被白夜先生這麼一說，感覺的確是這樣。因為一路引領我到目的地的，正是她身上所散發的那種金色軌跡。

「欸，白夜先生，這裡是？」

「我一位好朋友位於妖都地底層的住處。這裡也是我在妖都的據點之一。話說回來，佐助，你打算假扮成牆壁到什麼時候？」

「……忍者的本性使然。」

「哇！」

使用與牆壁同色布料施展隱身術的佐助，將身上的布剝了下來露出臉孔。

為何在這裡也要使出忍術……

「你們倆跟我來。雖然才剛脫離險境，不過有些急事容我現在說明。」

白夜先生催促我跟佐助離開儲藏室。

滴答，滴答，滴答，滴答，滴，滴，滴，滴……

踏出儲藏室後，四面八方傳來時鐘的走動聲。

環顧周遭環境，才發現這間構造類似山中小屋的住家裝潢相當奇妙。昏暗的室內四處垂掛著色彩繽紛的彩繪玻璃造型油燈，燈火在牆面映上絢爛的七彩光點。牆壁上掛有造型千變萬化的時鐘，分別以漢字、英文、羅馬字與沒見過的語言標示出時間。

「這裡是位於妖都地底層『落窪區』的一間鐘錶行──『影法師』。」

「……您說落窪區是嗎？」

佐助皺起眉頭，臉上的神情十分五味雜陳。

白夜先生見到他的反應，便說了句「別這麼警戒」。

「這裡確實有別於妖都的月之目區，聚集一些渾身散發土氣，形跡可疑的地痞無賴就是了。不過這裡屬於原住民的特區，連宮中那幫傢伙也難以出手。做為收集情報專用的據點可說是最佳首選。」

「欸欸欸，把人家說成渾身散發土氣、形跡可疑的地痞無賴也太過分了吧。」

一道聲音突然從牆邊的樓梯上方傳了過來。是相當低沉渾厚的男聲。

我抬頭一看，發現一位灰髮男子站在那，鼻子上戴著一副黑色圓框墨鏡。

對方穿著繡有奇妙圖紋的和服，很有民族服裝的感覺。

「哼，我倒認為沒有人比你更適合這段描述了。」

「哈哈！白夜大人還是一樣嘴巴不饒人呢。」

白夜先生替愣在原地的我與佐助介紹了眼前這位陌生人。

「這位是影法師的老闆，紫門殿下。他本身是千年土龍，也是我們天神屋開發部長砂樂博士的兄長。」

「咦咦咦！」

我跟佐助異口同聲地發出驚呼。

不過老實說，我從剛才就覺得這個人真眼熟，似乎跟誰長得很像。一聽到是砂樂博士，我也不是不能認同。

「那個砂樂博士竟然有兄弟？」

佐助驚訝的竟然是這一點。不過砂樂博士他總是一個人窩在地底，的確從未想像過他也有家人或兄弟姊妹。

該怎麼形容，他給人的感覺比較像是一隻自己從土裡蹦出來的妖怪……

「天神屋的兩位，初次見面。舍弟平時似乎承蒙各位照顧了。」

「不、不敢當。深受照顧的是我們才對，老是勞煩他開發各種產品。」

我也深深低頭向對方行禮。

「呵呵，那小子在信裡常常提及夕顏的葵小姐唷。聽說還一起製作了新款甜饅頭，那小子字裡行間都充滿了喜悅。我試嘗了之後發現那甜饅頭真的很美味。」

紫門先生帶我們到一旁的天鵝絨沙發坐下，在眼前的玻璃桌上擺放了陶杯。

接著他拿起玻璃茶壺往其中注入褐色的液體。這是……

「難道這是咖啡？」

「可以說是，但原料不是一般咖啡豆。這是用蒲公英根烘培沖泡而成的。內人負責經營一間以地熱為能源的農園，運用其中栽種的蒲公英來做為咖啡原料。」

「紫門殿下原來已經成家了是也。」

「是呀。只不過內人生性極度內向，不好意思出來與各位打聲招呼，相當抱歉。因為我們千年土龍這種妖怪，基本上是很討厭在外拋頭露面的。」

「啊啊……」

我跟佐助臉上的表情寫著「這點我們很清楚」。

「雖然有失禮節，不過就請把這杯蒲公英咖啡當成內人的問候吧。」

我們心懷感激地享用還帶著溫熱的飲品。

這間屋子被各式各樣的時鐘所包圍，迴盪著各種指針的行走聲，再加上彩繪玻璃油燈所映照出的奇幻色調，還有這杯喝起來莫名適合店內氣氛的蒲公英咖啡。

這飲品的顏色確實近似咖啡，不過味道倒是不太像，真要說的話應該比較類似苦甜苦甜的中藥茶。

佐助似乎相當喝不慣這飲品，露出奇怪的表情僵在原地。不過，把對方準備的豆漿與方糖加入並攪拌之後，口感變得順口又美味多了。佐助足足加了三顆方糖。

「請問，白夜先生你離開天神屋之後，一直都待在這裡嗎？」

「是呀。在尋求縫陰殿下的協助同時，我也追查著大老闆的行蹤。雖然馬上就打聽到大老闆被囚禁於宮中的消息，但問題在於釐清事情的開端。」

「……雷獸說大老闆是不被允許存在的妖怪。」

我不太懂這句話的含義。

我希望能明白，我想了解大老闆的一切。

白夜先生凝視了我一會兒，那雙眼神彷彿想看透什麼似地。接著他嘆了一口氣，對佐助使了個眼色。佐助馬上意會其中的意思，一聲不響地離開現場。

啜飲了一口蒲公英咖啡後，白夜先生靜靜地開口。

「葵，你對於大老闆的事情了解到何種程度？」

「一無所知。我根本不了解他。不過我覺得自己剛才見到了類似大老闆的某種東西。我心裡確信那就是他。」

我斷斷續續地說明剛才在門後的世界所遇見的東西——潛藏於陰影中的那個形體。白夜先生聽聞後回應我：「那應該確實是大老闆吧。」

「天神屋內知道那位大人真實身分的，恐怕也只有黃金童子大人與我了。不，不過……我也並非全然了解詳情。」

白夜先生將手上的摺扇又開又闔的，動作之中似乎帶著無力感。

「我一直都明白總有一天必須把真相告訴妳，因為妳的身分是即將嫁入大老闆家的未婚妻。」

「那個……」

「夫妻之間本來就不應該有任何隱瞞。」

「啪」地一聲，摺扇猛然闔了起來。

白夜先生似乎終於整理好事情的前後順序，抬起臉凝視著我。

「葵，無論妳聽完事實後產生什麼想法、付諸什麼行動，就算最後妳斷然拒絕嫁給大老闆，我也不會責難妳任何一句。即使這是大老闆他最害怕面對的結局。」

「……」

白夜先生準備為我說明。

冷掉的蒲公英咖啡散發出苦甜夾雜的香氣。

秒針「滴答……滴答……」的行走聲迴響在昏暗的房內。

這聲音聽起來簡直像是緬懷已逝時光的一種象徵。

「首先從天神屋創立初期開始說起吧。時間要回溯到距今將近五百年前了。在那以前，天神屋現址的前身是一座名為天神城的古城。當時住在裡頭的正是上一任八葉，黃金童子大人。」

「那時候天神屋這間旅館還不存在嗎？」

「沒錯。因為鬼門大地原本是地獄一般的土地，連妖怪都無法棲息。天空被紅黑色有毒妖氣所形成的雲霧所覆蓋，大地上流著血紅色的熔岩，寸草不生……沒錯，當時的鬼門大地被稱為『地獄的庭園造景』。」

現在如此繁榮熱鬧的鬼門大地，過去竟然曾是一片荒蕪。

我感到不可置信。

「不過，葵妳多少也曾經感受到吧？從天神屋外圍的深谷之中湧起的那股惡寒般的戰慄感。」

「啊……」

就是我為了尋找迷路的小房客時，險些墜入溪谷的那一次。
當時我的確從深淵的黑暗中感受到一股危險的氣息。
「隱世的鬼門原本正如其名，位於最不祥的鬼門方位上。尤其是四周被深谷包圍的天神屋所在地，起初的功用是天神城用來進行某種封印的鎮石。」
「進行某種封印的……鎮石？」
白夜先生對於接下來要說的內容遲疑了一會兒，然而還是繼續說了下去。
「沒錯。封印在那片土地之下的，正是大老闆。他是過去沉睡於天神屋現址地底深處的……邪鬼。」
「邪……鬼？」
沉睡於地底的，邪鬼。
我突然想起某些類似的故事。
這麼說起來，南方大地那裡以前也曾封印著邪鬼。
我曾聽過尋找溫泉泉源的靜奈不小心解開了邪鬼的封印，遭到折尾屋解僱的事情。也聽聞湧現優質溫泉水的泉源，其地底下一定封印著類似的存在……
另外，我被軟禁在南方大地，幫忙尋找儀式所需的人魚鱗片那一次，也曾被偶然遇見的邪鬼襲擊，最後被大老闆所救。那邪鬼正是靜奈過去從地底喚醒的。
對了，那隻邪鬼還曾說……

他對大老闆說：「你跟我並沒有不同。」

大老闆身為「鬼」是眾所周知的事實，畢竟他有鬼神的稱號。

但是，那這樣說起來，邪鬼又是什麼？

跟一般的鬼有何差別？

然而白夜先生卻未言及這部分，先繼續說著天神屋創立初期的故事。

「我與大老闆相遇，是在黃金童子大人解除了天神城底下的封印，讓他再次甦醒之後沒多久的事。對了，當時他的樣貌還只是個無名的年幼小鬼，然而他的言談與思維果然有別於外表……」

白夜先生閉起雙眼，神情彷彿進入假寐，緩緩地繼續說著。

「然而以邪鬼的身分來說，他有著一雙過於清澈的眼神。當時他所散發的威嚴與存在感，足以讓過去與無數高等大妖怪打過交道的我，不由自主地心生畏懼。」

白夜先生似乎回憶起當年往事，手掩著口微微笑了。

「讓邪鬼覺醒的黃金童子沒過多久便決定將天神城改建為一間大旅館來做生意，並改名為天神屋。」

「這就是現在的天神屋旅館？」

「嗯，沒有錯。因為邪鬼的甦醒彷彿成為改變一切的新契機，讓那片土地開始起死回生，有了驚人的蛻變。紅黑色的天空撥雲見日，轉為一片晴朗，地表上四溢的熔岩化作肥沃的土壤，孕育出綠意。而這片土地本來也就擁有品質良好的溫泉泉源。」

「……我的確曾聽說，天神屋的溫泉品質是隱世數一數二的好。」

有大老闆那種等級的邪鬼沉睡於地底，也不難理解天神屋坐擁優良泉源的理由了。

「黃金童子自身擔任天神屋『女老闆』一職，並將年紀尚輕的邪鬼之子任命為『大老闆』。」

接著白夜先生便以「大老闆」來稱呼這位邪鬼之子。

「大老闆當時先替沒有任何員工的天神屋網羅有力人才。當然包含了在宮中位居要職的我、在妖都當研究學者的砂樂，還有某位宮廷甜點師傅，都接到了天神屋的邀請。」

「白夜先生還有砂樂先生……都是大老闆找來的？」

然後還有某位宮廷甜點師傅？

會是誰呢？應該是現在已離開天神屋的前員工吧。

「不過呢，也是因為我跟砂樂當時正好經歷重大變故，處於失意狀態。在我對宮廷中的政治生態產生質疑時，大老闆便趁虛而入。起初我對於這個來路不明的邪鬼之子也曾相當警戒，不過該說他擁有不可思議的力量嗎？他所蘊藏的潛力與魅力最後都讓我們深受其吸引而來。」

白夜先生回憶著遙遠的昔日往事，輕輕笑了。

我覺得這好像是第一次見到他露出這般懷念的笑容。

「剛開始，天神屋的營運狀況並沒有順利步上軌道，我們為資金拮据所苦，忙於四處進行古城修繕與街道整頓。而大家集思廣益，決定先著手進行鬼門大地的形象改造。大老闆以前也會偷偷跑去現世的旅館或溫泉鄉勘查，或是調查土產記念品呢。」

「大老闆他親自跑去現世？」

「是呀。他似乎對於現世這個異界特別有感情。不過他在受到封印以前曾去過何處又曾經有什麼際遇，我就不清楚了。總之在這樣的過程中，經歷無數次走偏與倒閉的危機，我們依然繼續咬緊牙根撐著。漸漸地，一路的耕耘終於開始有了收穫，透過客人口耳相傳，鬼門大地改頭換面以及誕生全新風格的旅館等消息開始擴散，並且吸引了客潮。一旦凝聚了客潮，商人也就跟著過來做生意。過去被眾人所恐懼，被否定所有可能性而被遺棄的這片土地，開始以天神屋為中心形成銀天街，安居樂業的生活也帶來朝氣。無論是大老闆還是砂樂與我，都從中得到了讓垂死生命獲得新生的成就感，並深愛著這個我們親手從零開始栽培的『天神屋』。我們簡直把這間旅館視如己出……」

我想起了以前大老闆、白夜先生及砂樂博士三人一起賞月的光景。

我想他們之間存在著唯有長久相處之下才會產生出的羈絆。

「話當年就先到這邊為止吧。簡而言之，我想說的就是……我只是一心想守護有大老闆在的這間天神屋旅館。如果這個位置換人坐，那就不是我想守護的天神屋了。」

「……白夜先生。」

「然而就現狀看來，這個選擇會是一條艱難的路。原因在於撤換大老闆將有助於和平解決這次紛爭。」

「這是為什麼？大老闆身為邪鬼這一點，有這麼不被接受嗎？」

「嗯，正是。」

「可是，大老闆從一開始的身分就是『鬼』不是嗎？『邪鬼』跟鬼不一樣嗎？」

「大有不同。如果告訴妳邪鬼是眾多鬼族的其中一支，這樣也許比較好懂吧。邪鬼正如其名，是天性邪惡的鬼族。外表雖然無異，但擁有的力量遠勝於一般鬼族。而且他們心存邪念，性格殘暴。在隱世遠古時代，也曾發生過某位邪鬼殺害妖王而撼動當朝的事件，所幸當時隱世最後免於為他們所支配。在那之後，邪鬼便成了理應被封印於地底深處的存在。」

白夜先生將手中半開的摺扇猛然收起。

他皺著眉露出凝重的表情，繼續說下去。

「簡單來說，邪鬼是一種動搖隱世王權，並且可能引發亂世的萬惡根源。對於隱世妖怪來說，他們是最具威脅性的有害物種。因此妖王得知大老闆是邪鬼之後，才將他逮捕。」

聽完這番話的我，全身漸漸湧起一股涼意。

「難道說……妖王大人他打算再次封印大老闆？」

「嗯，我想應該是如此吧。大老闆那般強大的人物擁有邪鬼的身分，讓妖王感受到威脅也是理所當然。這也是負責守護隱世眾生的妖王所背負的義務啊。」

「……可、可是，大老闆他和大家口中的那種邪鬼才不一樣。第一印象當然是會覺得他很恐怖沒錯，但越了解會越發現大老闆其實個性很單純。明明身為鬼族，他卻從未傷害過誰或是作亂啊。保護我不被南方大地邪鬼襲擊的人也是他呀！」

大老闆的內在層面與同族相差的程度之大，根本無法被歸類於邪鬼兩個字的範圍內。

難道只是我還不夠了解真正的他？

但是，天神屋上上下下對大老闆的景仰，難道不是因為跟我一樣從他身上感受到了溫柔與度量嗎？

「當然，邪鬼也分很多種。有最典型的心術不正之愚者，也有將邪念壓抑於心底，單純擁有強大力量的智者。大老闆就屬於後者。我不清楚他被封印於天神屋地底之前的過去，但被黃金童子大人解開封印後重返隱世的他，比起我在宮中認識的那些陰險妖怪，有著一雙更直率又堅定的眼神。絕不能僅因為身為邪鬼這樣的理由，就再次將那位大人囚禁於不見天日的地底。」

不見天日的，地底……

不知怎麼地，各種情緒逐漸湧上心頭，讓我的身子顫抖得更厲害了。

原來，被禁錮在黑暗之中的，並不只有我一個人。

大老闆也跟我一樣。在那段期間，比我忍受更漫長的時光，更無助的孤獨，以及，想必更痛苦的飢餓……度日如年的折磨。

「更何況大老闆他……已經……」

「白夜先生？」

「沒事。」

白夜先生用力地搖了搖頭，不再繼續把剛才差點脫口而出的話說完，一口飲盡茶杯裡放涼的蒲公英咖啡。

「葵，一口氣跟妳說了這麼多莫名其妙的事。造成妳的混亂，我很抱歉。」

「不、不會……過去因為不了解真相而產生的混亂，現在感覺已經清晰多了。不過，還是覺得好害怕……大老闆今後會變成怎樣？他能回到天神屋嗎？」

白夜先生靜靜地握緊手中的摺扇。

「大老闆目前的所在位置，我大概有眉目了。既然有黃金童子在身邊陪同他，不會有問題的。只不過，近期內應該是回不了天神屋了。」

這是為什麼？

雖然我開口追問了，不過白夜先生對於這個問題只搖了搖頭。

關於大老闆無法回到天神屋的理由，看來還有其他隱情。

白夜先生稍微停頓了一會兒，繼續喃喃道來。

「……就算要和全隱世的妖怪為敵，我也想站在那位大人的身邊。然而做出這個選擇的同時，也可能會失去天神屋。畢竟若真要與整個隱世宣戰，就不可能繼續做什麼旅館生意了。」

「這……」

正如他所言。

經營旅館這門生意，店家的評價與形象理所當然會影響營運狀況。

既然邪鬼身為被隱世妖怪所否定的可恨存在，那麼至今為止所累積的口碑不管有多好，也會輕易被推翻。

「天神屋裡員工眾多，若旅館身敗名裂，這些妖怪將會露宿街頭。員工之中不乏許多無依無靠的孤兒，為了保護他們，天神屋這個組織有存續的必要。為了守護這個組織，必須……」

「等等，白夜先生。你應該不是打算……把『大老闆』撤換掉吧？」

所以大老闆才不能回天神屋嗎？

我不假思索地站起身子，用哭腔對白夜先生說：

「我不接受！雖然我在天神屋工作資歷沒多久，但是就連我也明白，天神屋對他來說是唯一的立足之地。因為他可是『大老闆』耶！」

對他而言，天神屋想必是讓自己從孤獨中得到救贖的地方吧。

找到志同道合的夥伴一起同甘共苦，最後找到自我生存價值的一個地方。

『如果這裡沒了我的一席之地，那我也不知該何去何從了。』

他以前曾用落寞的眼神對我如此說過。

那番話的意思，現在我稍微能明白了。

為了大老闆而聲嘶力竭的我似乎讓白夜先生有些驚訝，不過他還是用沉著的聲音回應：「我都明白。」

「我說過了吧，我也不接受天神屋的大老闆換人做。重要的是我們必須撐到年底的夜行會為止，好讓他能回到天神屋。我們需要在大老闆革職裁定的投票上，獲得過半數的八葉反對。絕不能讓五個以上的金印璽蓋印通過。至於世人的觀感，我哪管那麼多！」

「白夜先生……」

平時總是冷靜沉著的白夜先生，難得在此時激動地做出情緒化的發言。

白夜先生如此為大老闆考量並付諸行動，這一點讓我感到頗為驚訝。

同時我也對於大老闆擁有這樣的下屬感到一絲希望與奇蹟。

白夜先生與大老闆一路共事過的時光，遠遠超過我。

雖然以我的身分這麼想好像有點冒昧，不過我真的很慶幸大老闆擁有白夜先生這樣的知己，甚至莫名地想哭。

「怎麼了？葵。」

「沒事……我只是以為白夜先生是個更冷酷又沒血沒淚的人。」

「哼，我的缺點就是對自己人太心軟。」

「是嗎？我倒覺得你已經夠嚴格了，真的。」

如果少了白夜先生的嚴格，天神屋內部不會整頓得這麼好。

然而在關鍵時刻卻能燃起熱血的他，也許超乎我的想像，用情比誰都還深。

「葵妳可沒資格說別人吧，明明之前對大老闆百般拒絕，現在這態度的轉變又是怎麼回事？看起來根本已經深深愛上大老闆了。」

「呃，啥啊啊啊啊？才不是那種意思咧！正確來說是喜歡不是愛啦！大概吧！」

「妳還是一樣不夠坦率呢。」

白夜先生對於全力否認的我露出無言的眼神，然而還是繼續說：

「葵，我希望妳至少能站在大老闆身邊直到最後一刻……無論目睹到他的何種姿態。」

「……」

「不，唯有這一點無法勉強妳接受吧。」

他露出帶著憂傷的苦笑，結束我們的對話。

接著他留下一句「那麼我接下來要去與右大臣進行密會了」，便急忙離開這間影法師鐘錶行。

他囑咐我暫時停留在這間店裡，再從別條暗道離開並回到天神屋去。此舉似乎是為了避開敵方的耳目。

「有點累了吧？再來一杯蒲公英咖啡如何？」

身為店老闆的千年土龍──紫門先生溫柔地向呆坐在原處的我搭話。

「謝謝，那我就不客氣了。」

「要不要吃點蕎麥粉做的烘焙點心？裡頭還摻了果乾。」

他手腳俐落地為我準備咖啡與點心。

除了我的份以外，還包含剛回到屋內的佐助那一份。

使用蕎麥粉製作，並加入滿滿的果乾與香辛料烘烤而成的點心，看起來類似磅蛋糕，讓我們兩個眼睛都發亮了。

「這也是內人烤的點心。麵糰裡加了大量香辛料揉製而成，所以風味比較強烈一點。不過很適合在冬天品嚐。」

「啊，真的耶。有肉桂的香氣……啊，原來還摻了芝麻與黑豆耶。」

帶著辛香的烘焙點心能讓身子感受到暖暖的熱度，或者應該說是一種莫名讓人放鬆的滋味。

這特殊的風味會令人不時懷念起來呢。

吃了一口之後，果然不出我所料，美妙的滋味深深沁入內心。

肉桂與果乾有多搭，無須我多作解釋。而這道點心的特色在於並非使用麵粉，而是以蕎麥粉揉製麵糰。質樸的和風滋味讓剛才還紊亂的思緒慢慢恢復平靜。

「好好吃，蕎麥粉的香氣真不錯……跟蒲公英咖啡也很搭呢。」

「能得到妳的稱讚，內人一定也很開心的。因為這道點心是內人向某位甜點師傅學來的，不過卻沒什麼機會能招待客人。」

紫門先生露出親切的笑容。

佐助似乎也很中意這款甜點，不發一語地塞滿雙頰。這張表情正代表了他很滿意，也讓紫門先生自然而然地明瞭了。

「請問，紫門先生的太太也是千年土龍嗎？」

「那當然。千年土龍這種妖怪基本上比較擅長在土裡生活，埋首於製造或研究相關工作。要找到適合這種生活步調的伴侶，當然也都是同族了。我在地底層這裡以時鐘的製造與修理為業，內人則在地底農園辛勤地種植蔬果。」

「果然在習性方面和砂樂博士很相近是也。」

佐助不經意地插嘴回應。

「哈哈，的確是呢。舍弟砂樂在我族之中頭腦特別清晰，是個優秀的發明家。然而也因此被帶往地表之上，進入宮中成為研究學者，被強迫進行相當痛苦的研究工作。」

「痛苦的……實驗嗎？」

「是呀。為了製造出傷害他人的東西所進行的研究。雖然這對隱世是相當重要的發展，但對砂樂來說，這份工作讓自己的心備受折磨。」

紫門先生並未詳細提及研究的內容，微微露出了笑容後繼續說：

「不過，他最後獲得了救贖。白夜大人與天神屋大老闆將他帶往新天地，在那裡他能盡情研究，並以自己創造的東西造福妖怪。別看砂樂他性格古怪，其實很重情義的。我想這一次他為了天神屋也會竭盡所能的。」

我與佐助望向彼此的臉。

平常總是大而化之，態度吊兒郎當，有時卻又熱衷於研究到近乎瘋狂程度的砂樂博士。

然而他也總是對我們有求必應，在土產研發方面也給我可靠的協助，還幫我準備了夜鷹號。

沒想到他竟然也有過這麼一段過往。

大老闆從天神屋消失後，我才有機會慢慢了解幹部們的過去。

伴隨著天神屋的歷史，支撐著這間旅館的妖怪們也留下了自己的故事。

尤其是大老闆、白夜先生與砂樂博士這三位創始者……

時間來到傍晚，我與佐助前往後門，打算離開紫門先生的家。

後門前擺放了滿滿一竹簍的蔬菜與花朵。我往四周張望了一圈，結果在對面的陰暗處發現一位戴著眼鏡的嬌小女性正往我們這裡看，便心想她一定是紫門先生的太太。

我朝她深深低頭行禮。

「這是內人準備的土產，希望兩位能收下。」

「咦！真的可以嗎？」

「當然。地底栽培的蔬菜雖然需要仰賴妖火做為日光照明，不過也因此不受季節限制。而且使用了純淨的地下水與富含靈力的土壤，種植出來的作物擁有與傳統的妖都蔬菜不一樣的特色風味。最近就連貴族階級也開始食用地底栽培的物產囉。」

「這件事我之前略有耳聞，聽說最近地底栽培的蔬菜正崛起。」

我本來正要抱起竹簍，結果佐助已經迅速揹上了肩。

他一臉不以為意的表情寫著「這種粗活是在下的工作」。

謝謝你，真是個可靠的忍者……

「對了，離開時請務必參觀一下我們的山葵田。」

「你說山葵田嗎？」

「這是內人的農園裡最熱賣的商品呢，是我們自豪的山葵。」

我從未見過種植山葵的農田，這的確挺吸引我的。

於是我們便隨紫門先生的引領，穿過回程路線上的昏暗地道，上方全是外露的管線。

結果下一刻映入眼簾的畫面讓我不禁瞪大了雙眼。

「哇……好驚人的景色。」

這裡雖然位於地表之下，卻有一整片用岩石打造的淺型灌溉蓄水池，四處還設置了水車小屋。

這片山葵田的水光與綠意互相輝映成一幅恬靜美景。

挑高的天花板上鑲嵌著封入妖火的巨大水晶體，從上方模擬出陽光色調的暖光。

這的確是我至今從未見過的田園景色。

紫門先生熟練地撥開障礙物走入農田之中，拔了幾條山葵帶回之後，把其中一條遞給我，其餘則全數放進佐助背上的竹簍。

這是山葵磨成泥前的原始形態，上頭還帶著葉子。

「我可以收下嗎？」

「當然行，內人也說希望妳能嘗嘗喔。新鮮現採的山葵光是香氣就不一樣。嗆辣中帶有甘甜的風味也相當絕妙，請務必拿來使用在各種料理上。」

剛剛才收下一大堆蔬菜，現在連山葵都到手，真的讓我心懷感激。

這麼棒的山葵，我來想想要怎麼入菜吧。

行經山葵田後，前方的岩壁似乎就是盡頭。

沒想到盡頭處似乎設有升降機，利用千年土龍們所挖掘的洞穴來垂直升降。也就是所謂的電梯。聽說他們平常都是用這座電梯來將蔬菜搬運到地表上。

看來我們似乎位於相當深層的地底，搭電梯上升大約花了五分鐘。

電梯的出口外是一間古老倉庫的內部空間，擺放著各種出貨前的作物。

踏出戶外，外頭平緩的地勢上綿延著冬季休耕的農田。

這裡似乎距離妖都市中心有一段距離，隱約能望見巨大的妖都浮現在遠方，然而這裡有一股類似燃燒枯葉的氣味，充滿鄉間風情。

橫貫這片田園地帶的，正是隱世最大運河——大甘露川。

我看著冬日的夕陽將水面映得火紅，不知怎麼地覺得有點感傷。

「葵殿下，天神屋的船隻已前來迎接是也。」

一艘小船渡川而來，朝著我們的方向前進。

正如佐助所說，那似乎是天神屋派來的船隻。先前在蔬果行買的甜菜、還有在五穀雜糧行買的杏仁等食材全都已經裝載在那艘船上。

我上了船，從窗邊凝望著大甘露川的流水，沒來由地掏出藏在胸前的那把鑰匙，緊緊握在手心裡。

這是大老闆之前在夕顏交給我的東西。

他告訴我，如果對他有任何疑問，就去尋找這把鑰匙可以打開的東西。

這把鑰匙確實成功打開了某扇門。

在那扇門所通往的前方，我確實聽見了你的聲音。既然如此，那只要繼續尋找這把鑰匙能前往的地方，我覺得自己總有一天能抵達你的身邊。

欸，大老闆。

你現在身在何處？

「……咦？」

當我留意到窗戶玻璃所映照出的自己時，猛然發現頭上的髮簪所產生的變化。

「不會吧，髮簪上的花苞……」

山茶花花苞造型的髮簪……現在已綻放出紅色的花瓣，彷彿迫不及待迎接這個冬季。

目前的狀態已經稱得上是山茶花了。

這究竟代表什麼？

我的心越來越紊亂，胸口的鬱悶幾乎令我無法呼吸。

第五話 天神屋探班料理

這天晚上，我睽違數日回到天神屋。

我與佐助在小鐮鼬們的幫忙之下，把在妖都買齊的食材搬往夕顏。

「謝謝你們。大家吃過飯沒？我來做點什麼吧？」

「嗯……」

小鐮鼬們給了含糊的回應，看起來似乎有點無精打采。

他們緊緊抓住數日不見的佐助，撒嬌地直喊著「佐助哥哥」、「佐助哥哥」。

明明是群肚子永遠填不飽的孩子，竟然沒有找我蹭飯……

「你們夠了！不振作一點怎麼行！老是黏著我撒嬌可無法成為獨當一面的天神屋庭園師是也。」

「可是……」

「我們很擔心要是連佐助哥哥都不回來的話怎麼辦嘛。」

眼見弟妹們頻頻發牢騷，讓佐助的火氣逐漸往上升。

「可是什麼！忘了要在語尾加上『是也』嗎！」

「呃，好了好了，佐助，大家都很消沉呀。在天神屋面臨難關時，大老闆和才藏先生都不見……」

話說到這裡我才猛然驚覺不對，掩住自己的嘴。

都是因為我提起才藏先生的名字，害小鐮鼬們哇哇大哭了起來。

我慌張地連連向他們賠罪：「對不起對不起！」

「葵殿下，非常抱歉是也。身為忍者，遭遇這種狀況已經習以為常了。我想家父現在也一定保護著大老闆，所以才勸他們現在只能相信家父，等待他回來……」

「沒關係，這也難免嘛……畢竟他們最喜歡爸爸跟哥哥了呀。眼見重要的家人遲遲不歸，這種極度不安的心情我很能理解。」

我替小鐮鼬們擦去淚水，輪流摸了摸他們的頭以安撫情緒。

這群小朋友個性直率，無不深愛著家族中的父母與彼此。

擁有一個溫暖的家庭是多麼幸福的一件事，正因如此，才會因為缺少了誰而感到不安與煎熬。

即使我無法替他們解除這份擔憂，至少也想幫忙加油打氣，讓他們恢復活力……

「啊，夕顏裡亮著燈耶。」

今晚夕顏並未開門營業，然而店內卻燈火通明，煙囪還冒著煙。

鐮鼬們為了分頭巡視天神屋周邊環境，伴隨著夜風消失蹤影。

天神屋目前提高戒備等級，出動所有鐮鼬進行巡邏工作。年幼的鐮鼬也需要協助年長者的工作，在晚上四處奔波。

大家體力沒問題嗎……

「啊，葵大人～您辛苦了。」

小愛從夕顏的櫃檯裡探出了頭。

看來她正在為了夜鷹號明天的營業，幫我處理費時的前置工作。

主要是先把要使用於法式清湯的蔬菜撥開切好並且燉煮的作業。真的很感激有她幫忙，按照我用信使傳達的吩咐事項一一完成。

「小愛，妳也辛苦了。一直保持我的外型很累吧？」

「不會，夕顏目前沒有營業，所以不至於太吃力。應該說感覺就像自己成為了葵大人，反而很開心呢。因為大家都會特別溫柔地照顧我。只不過，小不點他……」

「嗯？小不點怎麼了？」

小愛伸手指往櫃檯上方。

『請不要來找我，被拋棄滴我要浪跡天涯。』

一張壓了小石子當紙鎮的便條紙，上頭以歪七扭八的字跡寫著這樣的內容。

「這是什麼？小不點寫的？」

「是的，因為葵大人遲遲不歸，小不點他似乎認為自己遭到拋棄，而出門旅行了。」

「咦咦咦～我才沒有拋棄他啦！我也無法控制預期外的發展與走向啊。」

「我也跟他解釋過好幾次了，不過他一口咬定地說：『我才不相信小愛小姐說滴話～她一定在妖都撿惹其他妖怪回來當寵物～我已經能預見這種發展惹～』完全不聽我的勸。」

「小不點真是的，唉，嫉妒心就是特別強。」

這種個性也特別讓人疼愛就是了。

雖然很掛念小鐮鼬們的狀況，但我這裡還有失蹤的小不點要擔心。

那孩子到底跑去哪裡了啊？難不成真的出外旅行了？

「葵小姐，辛苦您了！」

此時，銀次先生來到夕顏。

他聽聞我回來的消息，特地過來看我。好幾天沒碰面，見到銀次先生之後讓我覺得安心多了。

「銀次先生，好幾天不見了呢。」

「是呀。事出突然，讓您經歷了許多事情吧。您累不累？」

「不會啦，我從白夜先生那裡得知了許多事呢。天神屋現在少了大老闆與白夜先生，銀次先生你一個人也很忙吧？」

「的確有些比較辛苦的地方，但是大家都一樣。而且員工們現在都具備危機意識，在工作上的專注程度也超越以往，所以我幾乎沒有表現的機會。大家真的都相當靠得住。」

銀次先生露出苦笑，感嘆著天神屋上下團結一心，努力擺脫眼前困境的模樣讓他很放心。

「這樣啊。大家都很盡忠職守呢。不過我想其中也包含了替銀次先生分憂解勞的一片心意吧。」

「畢竟俗話說沒肩膀的上司能造就有肩膀的下屬嘛。」

「銀次先生是個值得依靠的上司喔，而且還很擅長帶動大家的士氣。」

「呵呵，葵小姐您也很擅長拍馬屁呢。」

「哎呀，這種技巧可是跟銀次先生學來的唷？」

隨後我們兩個一起「噗」地笑出了聲。

跟銀次先生在一起，我總是能像這樣開懷地笑呢。

「不過呢，大家如此盡力我當然很高興，但是很擔心他們會不會只顧著賣命，都忘了找時間休息。由於每個人要負擔的工作量都大於以往，所以我心想是否能帶點補充營養的食物去探班。」

「探班……」

嗯哼。

的確，這種時候如果能準備一些方便食用的輕食，拿去慰勞天神屋的大家就好了。不過……

我手邊也有尚待解決的問題。

「明天是湯品專賣日對吧？」

「嗯嗯。我買了很多甜菜回來，打算用來煮羅宋湯。另外還有能讓身子暖呼呼的咖哩風味法式清湯、絕對不會被打槍的經典豬肉味噌湯，以及加了多汁雞肉丸的冬粉湯。」

「聽起來真不錯耶，彷彿遊歷現世各國的感覺。您現在要開始進行前置準備了嗎？」

「我是很想開工，不過……發生了一點問題。」

我向銀次先生說明了事情經過。

主要就是小不點可能離家出走了這件事。

然而銀次先生卻眨了眨雙眼，歪頭感到不解。

「可是，我剛剛才看到他耶？」

「咦！在哪裡？」

「就在後山的竹林裡。我剛才正好上山去拿溫泉蛋，看見小不點在那片管子貓所棲息的竹林中，撥著兩旁的雜草往前進。我不清楚他在那邊做什麼，還以為他平常就習慣在那一帶散步，就沒多管了……」

「我、我出去一下！去找小不點！」

我衝出夕顏，銀次先生急忙喊著：「入夜後的後山很危險的！」便追了上來跟我一起同行。

中庭裡有條直接通往後山的通道，我們從那裡倉促地爬往山上。

在行進的同時，我將在縫陰家發生的事情、妖都的所聞所見，還有與白夜先生重逢的種種經過，全都告訴了銀次先生。

「我問你喔，銀次先生。那個，你對大老闆的事情……知情嗎？」

我一改剛才的態度，正經地詢問他。他凝視著前方，一臉嚴肅地回答我：「是的。」

「如果您是指大老闆的真實身分，這在幹部群中也是極少數人才知道的機密。不過我以前在某次機會中從大老闆口中親自得知了真相……葵小姐是從白夜先生那裡聽來的？」

「嗯。」

「知道了大老闆的真面目，會怕他嗎？」

「不。我覺得即使如此，他依然是他。」

銀次先生聽了我的回答後露出溫柔的笑容，微微點頭回應我：「這樣就好。」

「只不過令人擔心的是，當這件事傳遍天神屋，會有多少員工願意留下來……應該也有不少人認為如果鬼不只是鬼，還有邪鬼的身分，事情就另當別論了吧。」

「……這樣啊。」

就算我相信大老闆仍舊是原本那個他，也不代表隱世妖怪在他們的立場上也能如此認為吧。

雖然大老闆的真實身分目前尚未在隱世傳開，但妖都那幫分子應該打算將此事公諸於世吧。

如果真演變至此，天神屋將會變成怎樣呢……

「啊，葵大人，還有狐狸大人～～」

就在此時，我們遇見了輕飄飄浮於空中的白色管子貓，這些孩子可愛地湊了過來。

管子貓是白夜先生私下很疼愛的弱小妖怪，平時棲息於天神屋後山上。

「白夜大人不在，我們好寂寞～～」

「葵大人，請陪我們玩嘛～～」

我漸漸被管子貓包圍。

我下令要他們暫停，邊試著詢問小不點的下落。

「欸我問你們唷，有在這附近看到小不點嗎？」

「小不點點？」

「小不點點～～他正在我們的巢穴裡睡覺～～」

「他說他離家出走了～～」

管子貓們馬上透露了小不點的行蹤。

我在這群管子貓的引領下，前往他們的住處。

這裡是竹林中砍伐過的殘株區域，也是白夜先生過去餵養他們的地方。管子貓對我喊著「就在這裡～～」於是我往某根竹管的切口湊近一看。

「啊，小不點！連這孩子也住進了竹子洞裡。」

小不點將身子蜷縮成一團，窩在直徑比較粗的竹洞裡熟睡。他的雙手還抱著一個用大方巾綁起來的包袱。

「一看就是離家出走的造型呢。」

銀次先生也湊了過來往洞裡看。

「小不點，小不點，該起床了。」

我伸出手指戳了戳小不點，他邊揉著眼睛邊抱怨：「人家還很睏～～」

然而當他發現叫醒自己的是我，便驚訝地眨著雙眼呆愣了一會兒，隨後用力鼓起雙頰。

「是葵小姐～～拋棄我滴葵小姐～～」

「欸，真是愛記仇耶。我才沒有拋棄你的意思啦。我也有很多苦衷的……所以好了啦，我們一起回夕顏去吧，下次我出門會把你帶上的。」

「……唔～～哈～～！」

「葵小姐葵小姐！他在威嚇我們！」

「這次真難應付啊……」

小不點喀吱喀吱地咬著嘴喙發出低吼，並且不時恫嚇我們。

我伸出手指，結果被他一口咬住。

我把緊咬不放的小不點往上拎到我的面前。

「……一點都不痛喔，小不點。」

「唔～～葵小姐已經不要我惹，那我也不要葵小姐惹～～」

「我才沒有不要你，小不點是我的眷屬吧？就算你不再需要我，少了你在身邊我會很孤單的。」

「……」

「小不點，你真的不要我了？」

小不點直直仰望著我，在原地僵持了一會兒，似乎在深思什麼艱難的問題……

沒多久之後他的肚子咕嚕咕嚕作響。

「你肚子餓啦？難道這幾天你什麼都沒吃？是說你怎麼好像有點瘦了？拎起來的感覺比往常還要輕耶。」

「唔……除惹葵小姐做滴料理，我什麼都不想吃～」

剛才還又哈氣又咬人的，這種時候又坦率地說出如此可愛的話。

我不禁「哈哈哈」地笑出聲。銀次先生看著態度一變的小不點已經開始吸著我的手指撒嬌，也笑著回了一句：「真是短暫的叛逆期呢。」

「那我們回夕顏之後來吃飯吧，小不點想吃什麼我都做給你。」

「嗯～那我要吃小黃瓜壽司捲～～」

「我就知道。你真的很喜歡這東西耶。不過我剛好弄來新鮮山葵還有小黃瓜，就做點美味的小黃瓜捲給你吃吧。」

小不點對山葵似乎沒什麼興趣，手舞足蹈喊著「小黃瓜」、「小黃瓜」。

「山葵？新鮮的山葵真不錯耶！」

「咦，山葵反而引起銀次先生的興趣了，難道說你喜歡山葵嗎？」

「那當然！沒有任何佐料比山葵的滋味更下酒了！」

「那不然我也使用其他蔬菜多捏一點手鞠壽司好了？手鞠壽司的話，要大量製作拿去分送給大家也不是什麼困難事……」

然而銀次先生卻開始慌了起來，一臉擔心地問：「是我剛才太多嘴了嗎？」

「請葵小姐您別太過逞強了。明天還要開店，您也已經夠操勞了吧？」

「怎麼會，我才沒有逞強啦，我想盡可能找到自己能完成的事。現在要我待在原地無能為力還比較難熬。」

「……葵小姐。」

「好了，我們打道回府吧。小不點肚子也已經餓扁了。」

我捻起小不點的甲殼，將他放在我肩上的固定位置，折返夕顏。小不點已經一如往常地在我肩頭划動著四肢。

回到夕顏後，我馬上開始煮飯，準備好醋飯。

我準備的飯量相當可觀。

「葵大人，這麼多醋飯究竟要拿來做什麼呢？」

小愛拿著圓扇搧風，幫整整裝了三個檜木桶的醋飯加速冷卻，表情卻充滿疑問。小不點也在一旁拿著小扇子揮舞著。

「我還沒煮完咧。我想說天神屋的員工最近辛苦了，所以想用這些醋飯捏成方便食用的手鞠壽司，當成探班的點心拿去給大家。」

「哎呀，葵大人真的是一天不做料理就會要您的命呢。」

這句話到底是褒是貶？

小愛雖然嘴上嘟噥著，但仍一起參與了協助作業。於是我把醋飯交給她負責。

「葵小姐，找到了！擺盤用的壽司盒！」

「哇～感謝你，銀次先生！」

銀次先生幫忙從廚房後頭的倉庫中拿了傳統款式的壽司盒過來，表面是塗漆材質。

而我從剛才就勤快地切著蔬菜。

這次要做的並不是一般的生魚握壽司，而是彩蔬手鞠壽司。

材料包括小黃瓜、胡蘿蔔、茗荷、山藥、自製新鮮醃白菜還有梅乾等，希望能搭配出色彩繽紛的可愛造型，讓大家感到賞心悅目。

然而做法其實簡單到不行。

先將小黃瓜與胡蘿蔔切成薄片，加入芝麻油與鹽抓勻後備用。

茗荷則剝成一瓣一瓣，用醬油醃過。

山藥切成丁，與口味偏甜的鰹魚醃梅乾肉拌勻。

新鮮的醃白菜我自己做了很多，所以視手鞠壽司球的分量來取適量切碎備用。

我分配給銀次先生的工作，是幫忙把他最愛的山葵磨成泥。

切下一段山葵，從帶莖的上半部開始磨成泥狀，是最能享受山葵美味的吃法。

「啊啊，這新鮮的山葵香氣……令人無法招架。」

「真正的新鮮現磨山葵，其實富含水分且呈現漂亮的淡綠色呢。」

這是純天然的清爽香氣。

我和銀次先生一起稍微試了一點，結果就連那嗆鼻的痛楚也變得通體舒暢。

聽說品質越好的山葵其實吃起來越不辣，這的確是好山好水孕育出的美味山葵，不帶任何怪味。雖然一樣具有嗆辣感，但頂多在入口的瞬間竄過鼻腔，隨即消失無蹤，僅僅留下一股清爽暢快。

將這些磨好的山葵取適量擺在醋飯負責人小愛所捏圓的手鞠壽司上，再將準備好的蔬菜配料蓋在上頭，兩側貼平。唯獨山藥這樣材料本身具有硬度，所以要用切成長條狀的海苔加以固定。

色彩繽紛的圓滾滾手鞠壽司就此完成。

接下來，夕顏的成員們便按照此流程，開始一股勁地製作手鞠壽司。

「噢？葵小姐，除了蔬菜以外，您還要做別種口味嗎？」

「嗯嗯，銀次先生。因為我想說員工裡面也有不喜歡吃蔬菜的吧，尤其是小朋友。雖然沒有生魚食材，不過最經典的雞蛋捲，還有培根口味都不錯喔。真慶幸之前燻了很多培根。」

除了彩蔬手鞠壽司外，我還煎了又厚又軟嫩的高湯雞蛋捲，切成薄片後用海苔固定在醋飯上。另外還挑戰用薄切培根片炙烤之後捲在醋飯外，這款壽司裡還加了起司丁。

為了讓培根隨時保持足夠的庫存量，近來只要一有空閒時間，我就會先燻製起來備用。而起司則是因為最近正在開發冬季起司料理，所以從北方大地訂購來的。

畢竟自家燻製的培根不但廣受妖怪歡迎，比起生鮮肉類更能長時間保存，入菜的變化性也很多樣化。

「葵小姐，我滴小黃瓜捲還沒好嗎～～」

「啊，都忘了這回事。」

在小不點的催促下，我開始改做細捲壽司。

除了小黃瓜壽司捲外，還做了醃白蘿蔔、梅肉與納豆口味。

我將手邊看起來能使用的食材全用上，製作了各種壽司球與細捲壽司。

將這些全裝進壽司盒中，便完成了彩蔬手鞠壽司、海苔雞蛋捲壽司、培根軍艦壽司以及各式細捲壽司組成的繽紛什錦壽司拼盤。

「呼～雖然沒有海鮮，不過這樣的賣相也別有一番風情呢。」

「真漂亮，做得太好了。」

銀次先生似乎也有些興奮，我們拿了做剩的手鞠壽司與細捲來嘗嘗味道。

「嗯，茗荷！茗荷的口味我超推！這個有一股大人會愛的風味！」

「哎呀～這山藥壽司球也真是一絕呢。梅肉風味的山藥是妖怪最愛的經典口味，不過以壽司的形式來享用還真是頭一遭。其他的彩蔬手鞠壽司也各有不同口感，能品嘗到蔬菜本身的風味真不錯。再佐上新鮮的山葵一起入口，實在是極致的享受。」

我和銀次先生對於彩蔬手鞠壽司的製作成果感到相當激動。

「我還是鍾愛小黃瓜，小黃瓜是我滴唯一，簡單樸實滴小黃瓜細捲才是冠軍～第二名是洋蔥小黃瓜，還有梅肉小黃瓜～」

「就我個人來說，應該比較喜歡培根起司口味的壽司，吃起來很有飽足感。」

比起主角彩蔬手鞠壽司，我的兩隻眷屬選擇大口吃著細捲壽司與軍艦壽司。

「不對，等一下，我們可不能這樣就心滿意足了。天神屋的關門時間也近了，必須把這些帶去探班，慰勞筋疲力盡的大家才行！」

我們回想起原本的目的，馬上起身將壽司送往各部門。

感覺簡直就像外送壽司店呢。

「哎呀……葵小姐、小老闆。謝謝兩位帶了這麼多壽司來，我們大家正好在討論……待會兒宵夜要吃什麼呢。」

外送手鞠壽司的第一個地點，是溫泉師靜奈與其弟子的休息室。

在澡堂工作的男女員工紛紛出現，興高采烈地驚呼「真可愛～」、「看起來好好吃」。身為靜奈直屬弟子的溫泉助理長和音小姐，飛快地朝手鞠壽司伸出手打算偷吃，結果被靜奈帶著笑容猛力拍掉。

「和音，不許這麼貪嘴，等一會兒再吃。」

「好、痛！靜奈大人小氣鬼！大叔控！」

奇怪？原來靜奈是那種對自己門下徒弟特別嚴厲的類型嗎？

這部門裡年輕面孔很多，不過據說大家都是成年的妖怪了，所以大多喜歡蔬菜跟山葵。真是太好了。

「澡堂這裡的工作會很忙嗎？」

「與其他部門相較起來，我想應該不至於太忙。不過我個人同時也在地底工廠快馬加鞭進行研究，覺得那邊的工作比較忙得不可開交吧。」

靜奈皺著眉露出微笑。

說到這才想到，白夜先生上次好像囑咐她盡快完成某種藥。

「噢，山葵的香氣非常明顯呢。」

「這是妖都地底的山葵田種植的新鮮現採山葵唷。對了，溫泉師在地底也有栽培蔬菜對吧？」

「是的。目前正在研究階段，利用溫泉水、地熱以及地底湧出的靈力來進行作物栽培。我們也常會去視察妖都那邊的廣大地底栽培設施來做為參考喔。」

靜奈興致勃勃地品味著使用地底栽種的蔬菜與山葵做成的手鞠壽司。

其他員工也你一句我一句地說著「吃完點心就得趕快去地底一趟」。即使再忙，他們的心思還是隨時放在研究工作上，十足充滿幹勁。溫泉師這份職務果然需要體力啊……我深深體會到這一點。

「哎呀！小老闆！」

「小老闆帶了食物來探班啦！」

我們接下來前往的目的地是女服務員的休息室。

這些女孩眼看銀次先生特地帶食物過來慰勞大家，全都心花怒放。所有人現在才急著偷偷補妝，拯救臉上花掉的妝容。

她們大概根本沒發現我的存在。

「小老闆，謝謝您這麼費心。大家剛好也餓了，只能偷吃甜饅頭或點心，正愁營養不均衡呢。」

女二掌櫃菊乃小姐說。

她帶著有別於其他服務員的人妻專屬從容微笑與韻味迎接我們的到來。

「不，菊乃小姐，這些是葵小姐親手為大家準備的。」

「哎呀，葵小姐嗎？我聽說您各方面都辛苦了，這樣會不會害您太費心了？」

「不會啦，菊乃小姐。我剛好想利用在妖都入手的蔬菜來做點什麼。」

據菊乃小姐所言，服務員的人力果然很吃緊。目前大家繃緊了神經所以沒發生什麼嚴重疏失，但很擔心疲勞感隨時間漸漸出現之後會變成怎樣。

銀次先生聽聞之後，便表示將透過餐飲人力仲介詢問看看，能否為服務部多增加幾位人力。

我們帶著手鞠壽司來到下一個探班的地點——會計部。

這個部門位於天神屋最深處，與外界隔著一扇厚重的大門。

我們將門微微打開一道縫隙往內窺探，裡頭所有人看起來都忙得不可開交。

身穿會計部專屬白色和服的妖怪們，以相當可怕的臉色在辦公桌前振筆疾書或撥著算盤。

「白夜先生一天的工作量驚人地龐大。他的能力已經遠超乎妖怪，因此留下的空洞也特別大。」

「遠超乎妖怪的能力，那真不知道他到底是什麼了……」

我聽說會計部在白夜先生的訓練之下，擁有許多優秀人才。即使如此還是忙不過來，可見天神屋會計部還有白夜先生個人的每日工作量是多麼誇張了。

「哎呀，小老闆、葵小姐。兩位大駕光臨有什麼事嗎？」

將一頭黑髮盤得紮實的這位眼鏡祕書造型美女——會計長助理千鶴小姐發現我們的到來，便招待我們進去。

「那個……我們帶了一點食物過來探班，不知道會不會打擾到各位工作。」

我們將裝了手鞠壽司的壽司盒小心翼翼遞上前，千鶴小姐的眼鏡閃過一道亮光，用手拿起一顆手鞠壽司津津有味地吃起來。

她的吃相有別於那充滿知性的外貌所營造出的形象，狂野得令我們驚訝。

「呼呼，不愧是葵小姐，正如會計長所言，這驚人的靈力恢復率高達一般壽司的五倍之多，實在不勝感激。這股美妙的滋味將我的睡意也一掃而空了。雖然我自己還想多嘗嘗，不過將這些分給部門內的員工一人一顆，工作效率也就能提升五倍了。」

「……」

「多虧您的幫忙，最近連連熬夜的我們似乎能確保睡眠時間了。諸位，暫時停下手邊工作，馬上過來集合！」

千鶴小姐從袖口取出類似教鞭的道具抽打牆面，把部門內的同仁叫了過來。

怎麼覺得她跟白夜先生有點像，但屬性好像又不一樣……

不過她的統率能力沒話說，不愧是負責輔佐那位白夜先生的人才。

每個人分發到一顆壽司球之後，全都咬了一口就馬上回到工作崗位。

「……強制安排他們去休息室好了。」

「有、有道理呢。」

銀次先生決定幫忙準備休息室，讓會計部的人員輪流補眠。

接著我們前往大廳櫃檯後方的大型辦公室。

櫃檯部的員工與門房都聚集其中，然而……

「千秋先生！你還好嗎？」

看來這裡似乎也發生了一些狀況。

我們發現大沙發上躺著一臉慘白，渾身無力的褐色狸貓，不對，是千秋先生。曉與其他員工則焦急地幫忙照顧他。我與銀次先生見狀也立刻趕上前去。

「曉，發生什麼事了？」

「啊啊！小老闆！千秋先生的身體狀況似乎不太好。這也難怪，畢竟他忙於與北方大地及文門狸進行交涉，同時還要兼顧門房長的工作。為了不讓負責庶務的小鬼們發現不對勁，他在執勤時藏起所有疲態……」

「怎麼會這樣！我也毫無察覺到異狀……抱歉，千秋。」

就連銀次先生也沒發現，想必千秋先生真的硬擠出一如往常的笑容，努力到身體撐不住為止吧。

光是想像就莫名覺得想哭。畢竟，他的確處於最複雜的立場。

「不用擔心我啦。曉、小老闆。我只要稍微睡一會兒就會活蹦亂跳了～」

這隻精疲力盡的狸貓試圖從沙發上起身，卻還是癱軟地倒了下來。

我趕緊將裝著手鞠壽司的壽司盒捧到千秋先生前。

「千秋先生，你吃點這個。妖都的蔬菜富含靈力，且經過我的調理之後能提升靈力恢復率。我想這能讓你多少打起一點精神。」

「感、感激不盡……葵小姐～」

他選了胡蘿蔔口味的手鞠壽司，咬下一口。

剛開始還有氣無力的，結果他越吃越來勁，一下就吃完一整顆。

接著他又伸手拿了一顆、再一顆，一會兒便「砰」地一聲變回原本的成人外貌。

「太太太、太神奇啦！體內深處開始湧現力量，剛才的頭疼肚子痛噁心想吐腰痠背痛這些折磨人的毛病全都一掃而空了！」

「太好啦～啊啊太好啦～～」

部屬們全都哭著上前緊緊抱住滿面紅光的千秋先生。

他真的深受大家的愛戴呢……真是太好了。

「不過你還是得好好休息喔，千秋先生。就算靈力恢復了，也不代表疲勞完全消除了。讓身體有時間休息是必要的。」

「我明白啦～葵小姐，真的太感謝您了～」

千秋先生跪坐在沙發上深深低頭答謝。雖然出生自八葉世家，他真是個身段柔軟又謙卑的人。

「這是什麼？葵做的蔬菜手鞠壽司？」

曉來到我身旁，看著我手上的壽司盒。

「曉，你這幾天似乎也很累了，把這些拿去跟櫃檯的大家一起吃吧。」

「這全是妳做的？」

「不只我一個人喔。銀次先生、小不點還有小愛都一起幫忙。」

「……」

曉一口吞下山藥口味的手鞠壽司，低頭凝視著我。

「妳感覺也有點拚命過頭了啊。」

「咦？」

「人類的體力比妖怪差多了，別亂逞強。我想妳大概也想找到自己能盡一份力量的地方吧……不過，睡覺時記得給我包暖一點。」

「啊哈哈！什麼啦，你是在擔心我嗎？」

態度這麼差的關心，要說這是他的作風也的確挺像的。

他不著痕跡地觀察到我的狀況。我想一部分也是因為他與人類相處時間本來就比較長，而且還有個妹妹，再加上身為大掌櫃的洞察力。

「我知道啦，我可不能在這時候倒下。」

況且我好不容易對於自己到底能做些什麼，終於有了些許眉目。

餓肚子的士兵是上不了戰場的。

這句話既然自古流傳至今，表示絕對有其道理。

天神屋全體員工都必須為了不久後可能發生的一場壯烈戰役，先好好養精蓄銳。

比起一個人四處徒勞奔走，不如成為天神屋的後援，替大家提升戰力……如果我能做到的話，這也許是個相當重要的任務。

本來還想去找鎌鼬們探班，讓他們嘗嘗手鞠壽司。但目前這個時間他們早已結束勤務，正在就寢。希望他們能好好睡飽。

回到夕顏後，發現小愛與小不點已經齊心協力先幫我搞定收拾工作。

「哇！謝謝你們，真是幫了大忙。今天在旅館裡東奔西跑，到處招待大家享用手鞠壽司。不過自己只吃了一點點，現在肚子餓扁了。」

「葵小姐，我也餓了。」

我和銀次先生的肚子一起咕嚕咕嚕叫著。

我打開冰箱翻找，看看是否有剩餘的食材。

不過所有配料都在製作手鞠壽司時用完了，剩餘的食材也全是明天開店會用到的份，不能再拿來用了……

「醋飯的話還有剩唷，雖然配料全沒了。」

小愛拿著剩下醋飯的壽司飯桶給我看。

「拿醋飯來捏飯糰也不是不行……啊！不過先等等！還有山葵可以用！」

在場所有人都充滿疑惑地復誦了一次「山葵？」

「可以做成山葵丼啊！銀次先生也很想嘗嘗新鮮現磨的山葵吧？」

「咦！這究竟是一道什麼樣的料理？」

「就跟字面上的意思一樣啊。」

銀次先生依然未能想像出畫面，而我馬上開始準備製作。

做法根本沒什麼好說明的。

將醋飯裝入大碗公中，鋪上柴魚與現磨的山葵，堆成高高一座山，再依照個人喜好灑上蔥花與切碎的茗荷，再來呢……

「淋上一圈醬油後，邊把山葵拌勻邊品嘗，就這樣。」

山葵丼使用一般的溫熱白飯也很美味，不過也很推薦換成醋飯。

畢竟再怎麼說，醋飯、山葵與醬油可是壽司料理不可或缺的三大靈魂。

就算沒有其他特別的配料，只要山葵夠新鮮，就能造就十足的美味了。

由於還有多的海苔，小愛便幫忙拿來烘烤了一下，用這些做成山葵手卷也不錯。

「唔唔……這實在是太享受了，竟然能用這樣的方式品嘗山葵的美味，啊啊！真好吃！」

「銀次先生你真的很愛山葵耶。」

我覺得愛喝酒的人似乎有很高的比例也喜歡山葵。

爺爺也是一樣。

銀次先生似乎吃到一整坨山葵，被直衝鼻腔的嗆辣感痛得掙扎的模樣有點可愛。我遞給他一杯水。

「呼……整個人都清醒了……看來今天還能繼續努力工作。」

他喝光水，眨了眨眼，放空地凝望著遠方。

「不、不行啦，銀次先生。吃完這一頓你該去好好休息了。」

「這可不行。大老闆過去也都是在辦公室處理雜務直到深夜。那位大人再怎麼忙碌也不會表現出來，總是穩若泰山地屹立於這間旅館的中心，擔任天神屋的棟梁。」

銀次先生說完之後露出苦笑，皺起眉頭垂低視線。

「我只不過代理大老闆的職務短短幾天，便能深深體悟那位大人背負的責任有多沉重。光憑我這樣的人，是無法成為那樣偉大的人物的。但我還是必須盡力完成我能做到的事……」

銀次先生反常地說出「自己無法成為大老闆」這樣的喪氣話，然而還是抬起頭凝視著前方。

我伸出手心輕輕拍了拍他的背。

「……我想銀次先生和大老闆的確是不同類型的人，但是……為了天神屋四處奔走的你也是大家的支柱呀。我最近常常覺得銀次先生你的背影看起來更寬闊了，感覺你比以前更可靠了呢。」

「葵小姐？」

「我今天也睽違許久繞了一圈天神屋各部門，看著大家工作的模樣，得到了滿滿的幹勁。其實呀，我離開天神屋前往妖都，越是深入了解內情之後，越覺得自己根本派不上用場，但我現在總算有了方向。那就是先承認——有一些事就算再怎麼努力，自己還是辦不到。」

被交付重大任務的我，為了必須做出一番成績而陷入焦急之中。

但這樣不對。雷獸也說過，這次並不是靠做菜就能解決的問題。

這是當然的。首先承認這一點，才能盡我所能將廚藝用在對的地方。

沒錯，我的職責就是成為天神屋的後盾，為大家打氣。

「所以說，銀次先生你如果感到疲累了，也儘管告訴我。我會努力做出讓你恢復活力的美味料理。」

「葵小姐……」

銀次先生在我身旁露出些許驚訝的表情，注視著我的臉。

我心想自己的這番話還真是厚臉皮，不知怎麼地感到有點難為情，忍不住變得扭扭捏捏。

「葵小姐的料理一直都激勵著大家唷。接下來大家各自做出的決斷，想必也將會左右未來的局勢發展。我確實希望到了那時候，葵小姐所擁有的『能打開妖怪心房的廚藝』能成為推動天神屋上下的一股力量。當然我自己也無數次因為您的料理而走出迷惘呢。」

銀次先生輕笑出聲，似乎回想起了什麼事，愣愣地凝視著眼前的茶杯。

「如果今後，嗯……即使我身心俱疲，若回到家時能看見您的笑容，享用您的料理，那麼無論有什麼困難，我想我一定都能繼續撐下去吧……」

說到這裡銀次先生猛然回過神來，摀住了自己的嘴。

接著他滿臉通紅，不知所措地支吾著：「不！我的意思是……」一會兒之後則將額頭「叩」地一聲猛敲往櫃檯桌面。他這番舉動實在太過反常，讓我嚇了一跳。

「銀、銀次先生你是怎麼啦？你會頭破血流的！」

「不，葵小姐您聽我解釋，呃，我說的『家』是指，那個……」

銀次先生的眼神慌亂地游移著。

我突然意會到他如此難為情的理由了。

「嗯嗯，我都明白啦。你是指夕顏對吧？銀次先生把夕顏當作自己的家呢！我好開心。對我而言也一樣，這裡是我該回來的地方，屬於我的歸宿！這沒什麼好難為情的啦。」

「……」

奇怪，銀次先生的臉色怎麼越來越慘白。頭上那對狐耳也垂了下來。

接著——

「銀次先生，銀次先生……？銀次先生，你還好吧？」

他整個人趴在櫃檯上，睡著了。

小愛說了一句：「哎呀呀，請節哀……」小不點則說：「狐狸先生自爆了～」不不不，人家還活著啦。

不過話說回來，剛才的銀次先生真的不太對勁。

雖然一臉若無其事的神情，但想必累積了許多疲勞。

最近他似乎也沒什麼時間睡覺，所以現在就讓他繼續補眠吧。

畢竟銀次先生要是累倒了，那天神屋才真的要雞飛狗跳了。我認為他所擁有的能力，其實遠遠超乎他自己的想像。

我和小愛一起把銀次先生搬到包廂座席區，並且把棉被拿過來替他蓋好。

「好了……那我也該為了明天一大早要製作的馬卡龍，先來完成前置作業的部分吧。」

「咦！葵大人您還要幹活呀！」

「這也沒辦法呀，小愛。杏仁粉需要一整晚的乾燥時間，今天必須先搞定。」

至於我呢，從大家身上獲得了許多啟發與刺激。

雖然讓小愛感到很傻眼，但我為了「還有事情可以做」而躍躍欲試，整個人坐不住。

結果今晚不小心熬了一點夜呢。

插曲【二】 黎明時分的銀次

『即使我身心俱疲，若回到家時能看見您的笑容，享用您的料理，那麼無論有什麼困難，我想我一定都能繼續撐下去吧……』

沒錯，我自己都覺得我一定是累壞了。

不過葵小姐能打開妖怪心房的手藝，威力還是一如往常地大……

啊啊，真難堪。

我竟然順口說出了那番話。

「……」

當我在黎明醒來時，全身的疲勞已經徹底消失，再加上冬天的涼意，讓我覺得整個人神清氣爽。

然而，在起身伸了個懶腰之後，這才猛然驚覺。

這裡是夕顏的包廂客席區，我的臉色越來越慘白。

「我、我竟然……最後就直接睡著了嗎？」

我為自己沒出息的舉動難堪地垂低雙耳。伸出手心掩著臉的我，被內心諸多情緒所擊沉。

在天神屋的大家面前，我一直保持著緊張感以做好一位優秀的小老闆。然而現在的我開始會在葵小姐面前稍微展露出自己脆弱的一面，吐露真實的心情。

我想這一定是因為與她一起經營夕顏，在這裡一起做料理、一起吃飯、談心的同時，讓我已經徹底卸下心防。

不知從何時開始，夕顏對我來說已成為一個療癒的場所。

話雖如此，竟然在這種地方睡著，連我自己都真心無法認同。

葵小姐她一定對我感到相當錯愕吧。

「……嗯？咦，葵小姐？」

剛才因為店裡太昏暗，所以沒注意到有個人影正趴在吧檯的座位上睡覺。

是葵小姐。她在夕顏的和服上披了一件材質偏厚的短外套，平常總是盤起的頭髮此刻已放下，就這樣趴在吧檯上熟睡。

我急急忙忙離開包廂跑近她身旁。

「葵小姐，在這裡睡覺會著涼……的……」

然而，原本正打算搖醒她的我，瞬間停住了手。

我看見趴睡的她手裡正握著那根紅水晶山茶花髮簪……

那是葵小姐剛來到這間天神屋時，從大老闆那裡收到的禮物。上頭的紅水晶已經無法稱為花苞，而是初綻的稚嫩花朵了。

想必她直到入睡前一刻，都在凝視著那朵山茶花吧。

「……大……老闆……」

「……」

原來如此。葵小姐她早已……對大老闆……

她的夢話讓我臉上自然而然地流露出淺淺的微笑，然而沒多久便隨即消失。

葵小姐是大老闆的未婚妻。

對以前的她而言，這只是對方單方面決定的婚約。然而現在，已經有一股感情正在她的心中萌芽。

當葵小姐產生自覺並且接受這份情感時，想必我的任務也到此告終了。

我與葵小姐在這個地方開設小餐館，一路跌跌撞撞地經營這間名為夕顏的店到現在。

這間店的歷史還很短，但既然葵小姐已經願意把這裡當成歸宿，就算她未來嫁入大老闆家，想必也會繼續用心經營，維持這裡的繁榮吧。

然而，我與她之間的關係，恐怕也會以此為分界點開始轉變。

以後我想必不會再主動隨意找她談天或做不必要的接觸了，是該慢慢遠離了。

「葵小姐……去床上睡吧。請好好休息，您的健康最重要。」

我抱起她，回到她的寢室內。

讓她在愛小姐早已鋪好的床被裡躺下後，我替她將毯子與棉被拉到脖子處蓋好。

由於這間房裡有變回飄浮鬼火的愛小姐待著，所以很暖和。太好了。

「晚安了，葵小姐。」

「嗯……銀次先生，晚安……」

「……」

葵小姐邊翻身，邊說著含糊的夢話。

本來想伸手替她撥開蓋在眼前的瀏海，最後還是作罷。我凝視著自己的手，隨後靜靜地站起身。

接著我快步離開夕顏。

抬頭仰望破曉的天空，我找到了隱約殘留其中的月亮。

此刻是整個隱世最安靜的時段。我任憑這股清晨的涼意包圍全身，冷卻內心深處的熱度。

我吐出寒冷的白色氣息，突然回想起兄長亂丸曾對我說過的那番話。

『愛上那女人……到頭來苦的可是你自己。』

第六話 冬季夜空下的熱湯

隔天一大早，我醒了過來。

「咦？我……昨天睡在床上嗎？」

山茶花髮簪被擱在枕邊。

然而我對於入睡前的記憶相當模糊。我只記得自己還愣愣地凝視著這只髮簪，接下來的事就毫無印象了。

走進店裡才發現銀次先生已經不在，昨晚替他蓋的被子也已經整齊地收進壁櫥裡了。他究竟是何時醒來離開夕顏的呢？

「可沒有時間悠悠哉哉了。今天要完成的工作可多著呢。」

最近多虧了得力助手小愛的幫忙，工作效率提升為兩倍，昨天已經把夜鷹號開店所需要的前置準備完成到一定程度了，不過今天預計一大早就要投入做點心的作業。

沒錯，就是我約定好要帶給竹千代大人的馬卡龍。

「馬卡龍有著可愛精緻的賣相，在現世很受年輕女孩子的喜愛呢。」

以甜點來說，馬卡龍吃起來也兼具美味，又因為造型帶著可愛且華麗的氣息，也常常被拿來做為周邊商品的設計主題。

雖然不清楚隱世的妖怪怎麼會知道馬卡龍這種甜點，還出現在以爺爺為雛形的繪本故事中，不過大概是因應時代的流行，以前吃糯米糰子當甜點，現在改吃馬卡龍這樣子吧。而且「馬可龍」這名字聽起來應該也很受小朋友歡迎。

輕巧得感受不到重量，酥脆之中又帶著濕潤，入口即化的甜美夢幻滋味。

如此不可思議的口感，與蘊藏其中的迷人香甜，造就出這樣的圓形小甜點——馬卡龍。

我昨晚睡前就已經先完成各種前置作業。

將杏仁煮過之後一一剝皮，放入金魚缸調理機打成粉狀，鋪平之後待其風乾，成品目前也已經順利乾燥完畢。

只要有這些杏仁粉，要製作出馬卡龍其實意外地簡單。

主要的材料有蛋白、糖粉還有杏仁粉。

這次要夾的內餡預定做成紅豆奶油霜口味。

將帶顆粒狀的紅豆沙、奶油，加蛋白打成的蛋白霜確實混合均勻之後，再灑上一小撮鹽攪拌均勻做為提味。

紅豆沙的甜度加上奶油香與鹽味，揉合而成的「和風奶油餡」帶著甜甜鹹鹹的滋味，保證一試成主顧。不過請留意熱量。

「好了，那麼接著來烤馬卡龍的外殼吧。」

一般而言，說到馬卡龍都會想到色彩繽紛的外型，不過《史郎大冒險》繪本裡所描繪的「馬可龍」則是純白色的圓形物體。所以我想做成無上色版的雪白馬卡龍，也符合竹千代大人的印象。

首先要將蛋白與糖粉打勻，製作蛋白霜。

我將蛋白倒入調理盆中打入空氣，邊添加糖粉邊繼續打發，直到蛋白霜漸漸能拉出尖角。接著繼續打到具有一定硬度且帶有光澤後，便將這些純白的蛋白霜裝入隱世的擠花袋中，以三公分左右的直徑為基準，擠成圓餅狀後靜置一段時間。

在這步驟確實讓蛋白霜乾燥，正是成功製作馬卡龍的訣竅。

趁乾燥的這段空檔，我開始俐落地準備好早飯。

設定好煮飯功能後，用事先熬好的飛魚乾高湯來煮冬季蔬菜味噌湯，並準備羊栖菜、大豆與油豆腐的燉煮料理。

「蛋白霜應該乾得差不多了吧。」

確實乾燥後，便送入石窯以低溫慢慢烘烤……

烤好的馬卡龍大略放涼之後，將上下外殼的平坦面朝內，中間夾入紅豆奶油餡……

與其說是料理，這比較接近手工勞作了。就在我一個勁地製作馬卡龍時，眷屬小愛揉著眼睛起床，說了聲：「早安～」

「呼啊……葵大人從一早就排著這些密密麻麻的東西做什麼呢？昨晚才剛捏完那一大堆的手

鞠壽司不是嗎？」

「啊，小愛。早飯已經準備好了，妳快點吃一吃吧。」

「呼啊……葵大人真的是愛料理成痴耶。」

小愛盛裝了剛煮好的白飯與冬季蔬菜味噌湯，再連同裝了羊栖菜燉煮料理的小碗一起端到吧檯座位，開始唏哩呼嚕地吃早餐。

我心想菜色光是這樣好像不夠她吃，於是又三兩下煎了個甜味雞蛋捲，砂糖放得比較多。小愛最喜歡這道了。

她在睡覺時間總是會回到我放在枕邊的項鍊墜子裡，不然就是變成鬼火在房裡飄呀飄的。不過一起床之後就自動變回人形，最近還會像這樣吃起早餐。

「葵小姐～我也要吃早餐……」

「哎呀，小不點。早安呀。」

小不點從微開的拉門縫隙中觀察著我們的動向。

我拈著小不點的甲殼，把他放到吧檯上。

接著替他準備專屬於他的小型握飯糰。

我才打算稍微離開店內去一趟庭園，他便慌張地將兩顆飯糰分別塞入臉頰裡，朝我飛撲過來。

「哇！你臉頰都塞得滿滿的，變得好像倉鼠一樣。」

「啊～～我也要跟您一起去～～」

「我又不是要離開天神屋……真是的。」

小不點不願被留在原地，用盡渾身解數，可愛地對我撒嬌。

明明平常老是擅自溜出去玩，不見蹤影。真是個任性的小傢伙。不過這樣的他確實挺惹人疼愛，我戳了戳那鼓得像倉鼠的臉頰。

而小愛則一邊吃著早餐，一邊讀著今天的妖都新聞報。

小愛有時會流露孩子般的純真無邪，同時也有著勤勉的一面，她似乎常常讀報來吸收廣博的知識以提升自我。也多虧如此，我教的東西她都能快速上手，有時候不用我多說，她也會自己判斷接下來要做什麼並主動幫忙，真的成長很多。

「哪像小不點，永遠都是個長不大的孩子呀～」

「啊～～？您說什麼～～？」

啊，穿著日式工作服的小鐮鼬們正在外頭清掃庭園。

他們看起來還是無精打采的，臉上表情悶悶不樂。其中幾個小朋友還無心地隨便拔拔草，或是根本沒在打掃，心不在焉地望著池塘裡的鯉魚。

按照往常狀況，夕顏只要飄出甜甜的點心烘烤香味，他們就會像一陣風似地衝過來才對。

「大家，早安呀。」

我開口問早，所有人都抬起頭，快速地向我低頭行禮。

抬起頭之後，他們似乎總算發現了一陣誘人香味從夕顏傳來，其中幾個人抖了抖鼻子嗅聞著。於是我出聲把他們叫了過來。

「欸，你們要不要吃『奇妙的點心』？」

「奇妙的點心……」

「是也？」

小鐮鼬們面面相覷，滿腹疑問。

然而最年幼的一位小女孩突然「啊！」地大叫一聲，闔起了雙掌。

「《史郎大冒險》！」

「沒錯，妳答對了。我試著做出《史郎大冒險》裡頭出現過的點心，送給你們嘗嘗。只要吃一顆就能恢復滿滿的精神唷。」

我裝了一整籃的馬卡龍拿過來，一顆一顆分給大家。

起初所有人都一臉詫異，有人直直盯著馬卡龍看，有人拿起來嗅嗅味道。還有人為了確認質地的彈性而捏一捏，結果從正中間扁掉了。

「這種點心經不起外力碰撞，動作放輕咬一口看看吧。」

小鐮鼬們小心翼翼地把神祕點心放入口中。

然而咬下第一口所體驗到的新奇口感與滋味，讓他們的眼神為之一變。越吃越發現奶油餡濃醇滑順的滋味，與口感界於鬆軟與輕盈之間的蛋白霜外殼互相交融，一股帶著微微鹹味的甜蜜在口中擴散開來。最後留下一絲淡淡的紅豆沙香氣穿過鼻腔。

就如同西瓜灑鹽與鹽味焦糖的道理，甜的東西只要加上一點鹹味就會莫名地更好吃，感覺更有襯托甜度的效果。這也是為什麼鹽味奶油搭配甜豆沙會如此和諧的原因。

「好好吃，這個好好吃！」

「是奇妙的點心耶！」

孩子們全都露出欣喜的眼神雀躍著，第一次嘗到的這道新奇點心讓他們興奮了起來。

他們全朝我伸出手，吵著還要第二顆。

「你們慢慢來，還有很多啦……」

沒錯沒錯，就是這種感覺才對。

精神飽滿地擠上來向我討食物吃，才是平常的他們。

我想他們還無法完全排解心中的寂寞，偶爾也會覺得不安吧。不過正是這種時候才希望他們能吃點甜的東西，多多少少打起精神。

因為替天神屋的大家打氣這件事，想必也能成為一個契機，讓我有機會守護這個大老闆可以回來的歸宿。

這一天的夜裡，我按照原定計畫搭上星華丸。

夕顏飛船快閃店「夜鷹號」今天成為湯品專賣店，提供以下各種品項供顧客選擇。

《湯品》

・甜菜與極赤牛燉煮而成的道地羅宋湯（佐酸奶油。夜鷹號主廚推薦。）
・培根丁咖哩風味法式清湯（中辣。搭配獨門香料祕方。）
・妖都蔬菜與小芋頭的料多味美豬肉味噌湯（招牌款妖怪口味。選用岩豚豬肉。）
・中華風味手工雞肉丸子粉絲湯（香濃雞骨清湯。）

《主食類》

・俄式麵包（米飯起司餡）
・咖哩麵包（添加天神屋溫泉蛋）
・五穀雜糧飯
・海苔握飯糰（鮭魚、柴魚、野澤菜）
・奶油烤土司

菜單如以上所示，包含各種湯品與主食，可以自由選擇搭配。

俄式麵包與咖哩麵包這兩樣都可以單點，而且可以品嘗到熱騰騰的現炸口感。

「唷！小姐，好久不見了。」

現在正值星華丸滯留於妖都上空的時段，妖都這裡的訪客正從四面八方光臨，相當熱鬧。這時一位天狗稀客也來了。

「葉鳥先生！這是怎麼啦！你怎麼會來這裡？」

他是位於南方大地的旅館「折尾屋」的大掌櫃。

背後的黑色羽翼已換為冬季的絨毛，和往常一樣保養得充滿光澤感，在身上穿著的帥氣外褂襯托之下，顯得更加亮眼了。他莫名露出一張得意洋洋的表情，豎起食指。

「哼哼～小姐，其實我現在可不是大掌櫃囉。」

「咦，是喔？」

「現在的我，是折尾屋的代理大老闆。負責的差事就是代替對業務一竅不通的亂丸到處拋頭露面，推銷南方大地的特產。」

「哇……感覺是你的專長呢。」

在櫃檯擔任旅館門面，深受客人愛戴的葉鳥先生，其實也有熱愛漂泊，不安於一處的一面，讓他在隱世東奔西走，這樣的工作也很符合他的作風。

「難道你是來這裡為夜行會做準備的嗎？」

「沒錯。亂丸目前無法動身，所以由我先過來妖都一趟。好歹我也是歷史悠久的朱門山上退隱大老的兒子，以立場上來說也比較能和妖都這裡的貴族之流周旋。」

「呵呵，因為葉鳥先生被逐出家門之令也已經解除了嘛。」

「是呀，這都是多虧小姐妳的幫忙。」

葉鳥先生將手肘撐在小貨車的櫃檯上，對我露齒一笑。

「不過……天神屋目前的狀況似乎各種不妙呀。」

「葉鳥先生你果然也知情了呢。」

「當然。一部分也是因為銀次他好幾次私下過來找我商量，而且我們也有自己專屬的情報網啊。不過關於大老闆的事情我多少已經有底了，畢竟跟他也是長年的老交情了。」

葉鳥先生看起來也在替大老闆擔心。

以葉鳥先生來說，他很難得露出這樣複雜的表情。

「不過呢，雷獸那傢伙真的讓人傷透腦筋啊。上次找我們折尾屋的碴還不夠，這回打算大鬧天神屋是吧。」

「……」

我垂下視線，無法掩飾心裡的不安。葉鳥先生發現我的反應，用開朗的語氣轉換話題。

「那麼呢，我今天也到處去給人家低頭了一輪，身心俱疲了。小姐，做點什麼東西來吃吃吧。」

「啊，嗯……今天都是以湯品為主喔。你先從這四種裡挑一種。」

「嗯～妳推薦哪個？」

「我應該還是首推羅宋湯吧。湯汁帶著招牌鮮紅色，微酸之中又喝得到濃醇的一款燉菜湯。在現世是相當有名的東歐料理，主要流行於寒冷地區。」

「那我就選這個啊。顏色就像鮮血一樣，感覺喝了能補充精力。妖怪最喜歡這種囉～～」

「呵呵，你還是一樣很會迎合人呢。」

這道鮮紅色的羅宋湯大量使用馬鈴薯、胡蘿蔔、高麗菜與洋蔥等蔬菜，加入南方大地特產的極赤牛肉片拌炒，再與番茄、甜菜一起燉煮而成。

最後在湯面上加入酸奶油與切碎的洋香菜末便大功告成。軟爛得入口即化的食材所釋放的鮮甜味之中，能感受到一股酸味在口中慢慢擴散開，令人不禁上癮。

搭配羅宋湯的最佳首選，就是同樣來自東歐的知名料理──俄式麵包。

麵包裡包著大量來自北方大地的起司，一口咬下之後，帶著鹹味的軟質未熟成起司便滿溢而出，內餡則是絞肉與白飯搭配低鹽的調味，吃起來相當清爽。

這不但是為了襯托出起司的風味，更是為了讓客人搭配羅宋湯享用不會覺得太膩。由於裡頭還有米飯，所以整體來說對隱世妖怪也是易於接受的口味。

「噢噢，這個長得像炸甜饅頭的東西真好吃耶。燙燙燙！」

由於才剛起鍋，俄式麵包的外皮炸得相當酥脆，肉汁與融化的起司四溢。

葉鳥先生似乎很中意這道料理。只不過還熱騰騰的，要小心燙口。

「這紅色的湯裡也有加我們家的極赤牛肉呢。」

「當然。因為從折尾屋收到了很多肉啊。」

「哈哈！果然請妳幫忙宣傳是正確的選擇。雖然當地也努力研發各種特產與特色料理，但是很可惜地，影響力完全天差地遠啊。」

「在免費使用食材的這段期間內，我也會用料理來好好幫你們推廣的。」

「哈哈～今後也請您多多關照啦～」

葉鳥先生帶著半開玩笑的口吻，抓準了時機巴結奉承。這一點真的很像他的作風，害我笑了出來。

「話說回來，小姐，接下來我說的事，妳可得保密……」

葉鳥先生突然一臉正經，用視線掃過周遭後，保持著警戒把我叫過去咬耳朵。

「妳可要提防東南大地的八葉——大湖串糕點屋的石榴。唯獨那傢伙絕不可能站在天神屋這邊。」

「……咦？」

大湖串糕點屋的石榴？

之前在蔬果行那次，曾經從駛過空中大道的飛船上看過她一面。

聽說是個洗豆妖，同時是位一流的和菓子師傅。

「現在她的名聲可說是家喻戶曉了，不過她以前其實在天神屋工作過。」

「咦……可是她明明也身為八葉？」

「那是她接任八葉前的事情了。當時她身為大湖串糕點屋的繼承人，原本在宮中擔任宮廷甜點師傅，卻一度捨棄了這些身分，在天神屋的中庭經營茶館。」

「……天神屋的中庭？」

這番話令我心頭一震。

我最初來到隱世天神屋時，在旅館中庭發現了那間搭著茅草屋頂的屋子，在那裡遇見了銀次先生。

對了，銀次先生曾經說過——那地方起初是一間「茶館」。

「石榴是天神屋初期的創始員工之一。做為一位和菓子師傅，她的手藝確實沒話說，但對於拘泥於傳統形式的自家產品感到厭倦，希望走出自己的風格，於是來到天神屋為房客製作茶點。石榴所創作的和菓子具有迷人的美味，能讓品嘗者宛如沉浸於幸福夢境之中。她的作品也成為支撐天神屋初期營運的一大賣點。」

「……」

「她尤其擅長的就是紅豆餡類的甜點了，因此也受到鍾愛紅豆點心的黃金童子大人賞識。有一陣子甚至還有謠言指出她將成為大老闆的未婚妻啦，甚至會接任天神屋的女老闆職位啦。雖然我不清楚大老闆和石榴本人有沒有那個意思就是了。」

「原來……是這樣。」

這是為什麼呢？胸口似乎泛起一陣漣漪，漸漸蔓延開來。

雖然僅有一面之緣，但真沒想到那個漂亮的女子過去曾在我的夕顏所在地開過茶館，而且被稱為大老闆的未婚妻。

對了，大老闆以前曾說過這世界上只有一位女性，從他口中得知他最愛吃的食物是什麼。難道指的就是石榴小姐……

「不過呢，石榴她後來離開天神屋。為了追求理想中的甜點，揮別了天神屋，出去另尋自己的可能性。但不知為何，最後她又跑回宮中當御用和菓子師傅，甚至爬上八葉的位置。不知道她是否從一開始就有如此打算。反正大老闆也沒有特別責難她，就只是靜靜在一旁守護著……」

「因為大老闆的原則就是逝者不追啊。」葉鳥先生露出有點落寞的笑容。

因為他自己也是離開天神屋的其中一人。

「雖然我也沒立場說什麼，不過石榴她離開天神屋後，整個人都變了。以前的她厭惡地位與名譽，為人隨和又淳樸，是個性情溫婉善良的女人。她製作的和菓子打破常規，帶有新意且滋味溫和又順口。然而，自從她成為宮中御用的和菓子師傅後，她的作品轉變為忠於基本，重視傳統的拘謹派了。這也並非壞事，只是完全悖離了她的原則啊。不知道這中間究竟發生了什麼事。」

同樣身為料理人的我，對其中的理由也感到很好奇。

她的心境到底產生了什麼變化，才會這樣子呢？

「還有呀，石榴以前明明那麼深愛並扶持著天神屋，成為八葉之後卻將天神屋視如敝屣，產生敵視。雖然這也許是基於大湖串糕點屋洗豆妖的立場所必須做出的表現罷了。」

「我聽說洗豆妖因為大老闆身為鬼族的關係，所以從不跟天神屋做生意。但和菓子鋪與旅館這兩種行業，明明也不需要如此強烈的競爭意識吧。又不是像天神屋跟折尾屋之間的關係。」

「是沒錯啦。不過八葉的勢力分布並不能只看表面上的商業關係。光是大老闆身為『鬼』的身分，有時就會遭到其他八葉的蔑視。」

「所以……鬼還是常常被當成非善類的妖怪是嗎？」

「畢竟在悠久的歷史中，一直都是吞噬眾多妖怪的形象啊。傳說中被鬼吃掉的妖怪，就連靈魂也會被啃食殆盡。小鬼等級的話隱世裡多得是，但是像大老闆那種高等的鬼屈指可數，所以實際情況沒人清楚。來到現今，鬼族已經在中央法律下受到管理，但我曾聽說他們在過去作惡多端，以妖怪為食。而洗豆妖正是從古早以前就受到鬼族迫害的一族，所以產生了相當深的仇恨吧。」

吞噬同類的妖怪——鬼。

恐怕正是屬於「邪鬼」那一類吧。

白葉先生說過邪鬼曾經一度殺害了偉大的大妖王，因此遭到歷代妖王嚴加封印。葉鳥先生似乎對此事不怎麼清楚，不過現在的我能把某些事件連結起來了。

這樣我也明白佐助當時為什麼會對於東南八葉——大湖串糕點屋的船隻如此警戒了。

基於「解救大老闆」這樣的理由，他們是絕對不會加入我方的。

佐助應該是這麼想的吧。

「哎呀，我差不多得離開了呢。小姐，謝謝妳這頓飯囉，讓我徹底補充了精力。妳的料理果然很厲害呢。」

「……謝謝你，葉鳥先生。」

不知道我此刻的表情是什麼樣子？

葉鳥先生似乎有些驚訝地眨了眨眼，然後回了一句：「別露出那種表情嘛。」鼓勵著櫃檯內的我。

「我明白妳擔心大老闆與天神屋，但是小葵妳不適合愁眉苦臉。」

「……葉鳥先生？」

「願意站在天神屋這邊的友軍多得是。受過天神屋幫助的人可是很多的喔。我們折尾屋也打算好好償還上一次的人情。」

「人情？」

「沒錯，人情。是妳賣給我們的呀。」

葉鳥先生惡作劇般地對我拋了媚眼。

接著他將有型的圍巾重新披回肩上，說了一聲「多謝款待」並把錢留在櫃檯之後，便颯爽地離去了。

他還是跟以前一樣，適合無拘無束與笑容的一個人。

如果折尾屋願意和我們站在一起，那實在是最可靠的夥伴了……

「葵～做點什麼給我吃。」

「啊，阿涼。」

肚子餓到整個人有氣無力的阿涼大概正值休息時間，外褂裡穿得厚厚的，單手拿著錢包跑來夜鷹號吃飯。

「今天很忙嗎？阿涼。」

「算是囉，滿滿的宴會場次。天神屋本館那邊的宴會預約一定少很多，閒得沒事做吧。啊啊～～所以我才不想來嘛！硬是把這種麻煩差事推給我！」

「不過妳想想，這也是邂逅妖都上流階層的機會不是嗎？阿涼妳說過吧，要趁這一次找個好對象，飛上枝頭變鳳凰。」

「唉～關於這件事啊，怎麼說呢？總覺得妖都那些大貴族到頭來還是看不起我們這些出身自地方的妖怪吧。」

「怎麼啦？妳被人家說了什麼不好聽的話嗎？」

「哼！我是沒放在心上啦。不過從他們的角度來看，八葉終究不過是地方的鄉巴佬吧。他們說八葉不過是只能在自己地盤裡吠的狗。」

哦？被說成只能在自己地盤裡吠的狗啊。

這感覺的確被對方徹底看扁了，真不爽。

「更別提貴族裡那些個性惡劣的女人，是用什麼眼神看我了！我們都忙得不可開交了，還要被她們頤指氣使！」

「欸，妳別猛拍櫃檯桌面啦。妳好好大吃一頓來宣洩滿腔的憤怒吧。今天專賣熱湯喔，妳要選哪種？」

「能大口填飽肚子，讓我發洩積怨的那種。」

「那還是最推薦咖哩風味法式清湯吧。聽說香辛料能有效紓解壓力，而且還放了滿滿的炙烤培根丁喔。」

「哦？咖哩啊？跟妳平常煮的那種不一樣？」

「是呀，更清爽一點。比起咖哩更接近咖哩口味的牛肉湯吧。今天的咖哩湯加了高麗菜、大塊胡蘿蔔還有整顆馬鈴薯，是最有飽足感的一款囉。最上面還放了天神屋溫泉蛋當配料。」

「那我就選這道。」

「主食類的話……雖然跟烤土司也很搭，不過阿涼妳最愛吃米飯，所以還是選飯糰？五穀雜糧飯也不錯，可以加進湯裡變成泡飯。」

「那是什麼，聽起來好像不錯。啊，咖哩的香氣……這真的很刺激空腹耶。」

阿涼的肚子開始咕嚕咕嚕叫，於是我馬上將咖哩湯泡飯盛入湯碗裡。

我拿了比平常還大一號的湯碗，在碗底鋪上雜糧飯之後淋上含有豐富蔬菜配料的咖哩湯，再擺上燙過的綠花椰菜與對半切開的溫泉蛋。

「來。這個要用湯匙邊把飯跟湯攪拌均勻邊享用，小心燙喔。」

「太棒啦，我要開動了～」

阿涼在櫃檯邊迫不及待地開動。她先啜飲了我親自熬的咖哩湯，這是以法式清湯為基底調配而成的。

煮得軟嫩入味、入口即化的高麗菜，還有口感鬆軟的一整顆馬鈴薯，都是最經典的冬季蔬菜。

將自家燻製的培根厚切成口感與分量十足的方丁狀之後，先經過炙烤步驟再放入湯裡燉煮，也是這道湯品的特色所在。

將這些湯料與五穀雜糧飯和在一起，將成為絕妙的美味。

這道泡飯有別於一般的咖哩飯，清爽中又確實帶有咖哩的濃郁風味，讓阿涼似乎也吃得很滿意。

「呼哈～吃得真飽，多謝招待～這的確跟平常的咖哩不一樣呢，不過我也很喜歡。」

「太好了，看來似乎很合妳的胃口。」

阿涼邊拿出手帕擦嘴邊說：

「呼～在這麼寒冷的戶外吃熱騰騰的東西，讓我回想起天神屋年底招待的關東煮呢。」

「咦？那是什麼？」

阿涼看我一臉呆愣才察覺到不對，喊了一聲：「啊～」

「說到這才想到，妳還沒在天神屋跨年過呢。天神屋為了讓所有員工在新年期間能回鄉與家人過年，所以會休館一段期間。以旅館業來說這算是很稀奇了，聽說是大老闆決定的。所以在年底結束營業前，大家會一起進行大掃除，這時候廚房的達摩們就會在中庭準備大量的關東煮招待員工，這是每年的例行活動喔。不過今年……大概吃不到了吧。」

「現在哪是吃關東煮的時候。」阿涼補充了一句之後，發出了嘆息。

「唉，再加把勁努力吧。只要有好吃的飯菜，就算要服務那群討厭的傢伙，我也能咬牙撐過去的。啊啊不過這樣可不行，靠暴飲暴食來洩怒會害我發胖的啊。」

阿涼碎碎念著，帶著好心情回去船艙內。

也許是因為正值冬天，氣候寒冷的關係吧，今天開張的湯品專賣店頗受到大家的好評。喝杯熱湯不但能暖和身子，還能從豐富的蔬菜配料中攝取營養，補充精力。

看到天神屋的員工們偶爾也會來用餐，讓我更高興了。

結束今天的營業後，我將剩下的湯品分裝成一杯杯，請小愛帶回去給留在天神屋本館工作的員工當伴手禮。

因為聽曉他們說最近夕顏沒有營業，正愁下班後沒晚飯吃呢。

佐助已經整裝準備好前往妖都，等候我出發。

「這次可一定要帶著我喔。」

「知道了知道了，小不點。真是的，剛才明明還把小貨車的副駕駛座當成自己的小窩，顧著呼呼大睡。」

「葵大人～那我要繼續享受自由自在的生活囉，這段時間夕顏就是我的小窩了。」

「好好好。小愛妳一定要顧好夕顏喔，還有跟天神屋的大家和睦相處……真是的，明明都是眷屬，性格原來會相差這麼多。」

我帶著小不點，再次與佐助乘坐小型飛船前往妖都。

懷裡還偷偷揣著要送竹千代大人的土產——今天一大早起床做好的馬卡龍。

在縫陰家降落後，我感覺到這裡寂靜的氣氛似乎有別於以往。

佐助也敏銳地察覺到有異而站往我前方，戒備著四周環境。

「葵小姐！」

律子夫人走下緣廊，快步跑往我們這裡。

「律子夫人，究竟發生什麼事了？總覺得這裡氣氛不太對勁……」

「葵小姐，竹千代大人被帶走了。」

「咦？到、到底是誰幹的？」

「是王宮內的將軍之一——赤熊。他不顧竹千代大人的反抗，帶著他離開了。」

即使聽完律子夫人說明，我仍完全無法掌握狀況。

我將原本揣在懷裡的那包馬卡龍禮物，緊緊抱在胸前。

「為什麼？事情究竟為何演變成這樣……」

「我也不明白。似乎是妖王大人下令帶回竹千代大人的，但是還沒能弄清楚他的真正用意，人就被帶走了。當初明明是妖王單方面決定把竹千代大人送過來託管的。」

「怎麼這樣……太胡來了啊。」

好不容易讓竹千代大人也卸下了心防，共度一起吃飯、一起歡笑的時光。然而卻不顧他本人的意願，只因為大人的自私就把他當成人球。這樣實在太自私了。

當初就是這樣才害那孩子連生存下去最重要的一件事──「進食」都做不到了。

「小律，妳沒事吧？」

「縫大人。」

正值此時，縫陰大人正好結束宮中的勤務返回宅邸。

看來他似乎已經知道家裡發生的事情了。

「抱歉，小律，讓妳受驚了吧？都怪我沒用。」

縫陰大人奔往律子夫人身邊，輕撫著她的臉頰。

「不，縫大人，我沒事的。但竹千代大人他……」

「……是妖王大人的意思。他目前對於眾多臣子失去信任，想必其中也包含了我們。」

縫陰大人似乎知道什麼內情。

此刻他總算發現了我們這些外人的存在。

「啊，啊啊！抱歉！葵小姐你們也在場，我卻連聲招呼都沒打！」

「沒關係的，好久不見了。看您好像很慌張，請問發生了什麼事嗎？」

「啊啊，包含竹千代大人的事情在內，大事不妙了。天神屋大老闆的事情不久之後就要公諸於世了。這樣一來天神屋將會遭受重挫……」

「咦……」

對於我們而言，這是最不樂見的情況。

縫陰大人請我們先進到屋內再說。

我們被帶往宅邸深處的房間，又從房內通往地底。

地底有一間小小的內廳，我們將門窗關緊之後，在這裡進行商議。

大家先一起喝杯茶，從混亂的狀況中平復一下情緒。

「我剛才也已經派使者去找白夜先生了。葵小姐在妖都這裡見過白夜先生嗎？」

「嗯嗯。在一個類似墓園，有點奇妙的地方。當時我被雷獸發現蹤影，最後被白夜先生出面解救。不過現在想想，真不知道他當時怎麼會在場……」

「墓園？」

縫陰大人與律子夫人猛然驚覺到什麼，望向彼此。

接著他們露出難以言喻的表情，靜靜地垂低了視線。

「我想，白夜先生他應該是去參拜吧。」

「參拜？參拜誰？」

「他的夫人唷。」

「……咦？」

我與佐助兩人停頓了幾秒後，又再次反問：「咦？」「咦？」

本來以為是我聽錯，但看來並非如此。

「他、他、他已經結婚了？」

「在下初次耳聞是也……」

佐助似乎也是第一次聽說，不知怎麼地發著抖。

我能理解他的驚訝。

「不過也對，天神屋內幾乎無人知情吧。畢竟他與夫人結為連理是在天神屋創立前的事情了。」

縫陰大人對於該不該提這件事稍微猶豫了一下，最後還是為我們說明。

「白葉先生的夫人名叫鈴女。然而我們夫婦倆卻從未見過她本人。因為白夜先生也幾乎不提那時候的往事了。」

縫陰大人說完後，由律子夫人繼續替他補充。

「不過唯有一次，在我和縫大人成親時，曾從白夜先生口中得知鈴女夫人的事。因為……她也是人類。」

「人類？白夜先生的夫人是人類嗎？」

「沒錯喔，葵小姐。雖然對於他們認識的經過一無所知，不過聽說鈴女夫人非常短命。不，應該說太短了。與身為妖怪的白夜先生相比，短得可憐。」

「……」

「白夜先生在歷經喪妻之痛後，受到大老闆的邀請而參與天神屋的初期營運。對他而言，鈴女夫人是此生唯一的妻子。畢竟妖怪是專情的生物。」

原來是這樣。

直到前一刻，我都深信著白夜先生是單身。他那麼達觀又老成，所以我一直以為他對於男女情愛這些事毫無興趣。

不過，原來他在那麼久以前深愛過一位人類女子。

所以他才會跟律子夫人與縫陰大人提起自己的妻子吧。

為了告訴他們人類與妖怪之間有著無可避免的隔閡，這同時也是我終將面對的問題。

「回到正題，眼前要解決的問題太多了。天神屋大老闆身為邪鬼一事，在近期就會昭告世人了吧，如此一來天神屋的名聲將會下滑。主張廢除八葉制度的左大臣派也會藉此機會有所動作，正式提出此案吧。不過右大臣派應該也不會悶不吭聲，或許將釀成嚴重的紛爭。」

「這發展……簡直就像全都在計算之內是也。」

佐助冷冷地呢喃著。縫陰大人也點頭認同。

「你說得沒錯。事情彷彿照著某人所寫的劇本，一幕幕上演。恐怕就是出自……」

「雷獸。」

我立刻想起這個名字。

「沒錯。對於葵小姐來說，是個恨之入骨的對手吧。不，痛恨他的人鐵定占多數。但就現狀來看，隱世裡很少有人能阻止他。雷獸站在隱世的分歧點，寫下一段段的情節，讓局勢順著他期望的方向發展。這次的事件恐怕也全是他嘔心瀝血之作，過程中添加各種混亂、騷動與負面新聞，就為了迎向廢除八葉制的大結局。」

情節……夏天時在折尾屋發生的事情，也包含在內嗎？

南方大地的儀式也與雷獸脫不了關係，他確實站在左右隱世的分歧點上。

「這一定……全是因為我的關係。是我在折尾屋破壞了他的計畫，所以他才把矛頭轉向天神屋。」

「不，葵小姐。或許這確實是天神屋被雷獸鎖定的契機之一吧，但是反過來想，這也代表唯一能竄改雷獸寫下的劇情的，正是妳。」

「……咦？」

縫陰大人這番話甚至說服了律子夫人，讓她點頭表示認同。

「就像過去的津場木史郎。他面對雷獸那種身分高貴卻恣意操控世界的妖怪，用更荒唐的胡作非為將他玩弄於股掌間。只有來自異界的『人類』才擁有顛覆他想像的能力。」

「我……嗎？可是——」

事態演變至此，我還能幫得上任何忙嗎？

如果依照他寫下的情節發展，那麼天神屋的勢力將會被削弱，最後絕對會被他親手摧毀至一蹶不振。

我該如何阻止這個發展？我自己根本毫無頭緒。

就在此時，律子夫人向縫陰大人追問關於竹千代大人的事。

「縫大人，竹千代大人會被帶走，跟這件事之間也有某些關連嗎？」

「是呀，小律，妖王恐怕是連我們都不信任了。畢竟我們倆一路受到天神屋，尤其是白夜先生的諸多照顧。」

「他應該是害怕若我們端出竹千代大人的事情引發騷動，最後傷腦筋的是他吧。我們根本毫無一絲這樣的念頭，把那麼小的孩子捲入政治紛爭之中。」

律子夫人忍不住以衣袖擦去淚水。

「竹千代大人他非常害怕地哭泣，真的太令我心疼了。那小小的身軀面對宮中的黑暗面，深信自己失去利用價值所以被拋棄。即使如此，他好不容易在這裡找到了一個有歸屬感的地方，結果現在又毫無理由地被帶回去。」

「我想現任妖王他……明明應該最能體會竹千代大人現在的心境才對。那位大人過去也曾受到王位爭奪與隱世政治所擺布。」

我聽著縫陰大人與律子夫人的說法，陷入無言以對的狀態。

過去的我總能想出什麼方法來突破困境，但是這一次或許已超過我的能力所及範圍，讓我頗為無助。

「竹千代大人今天一早就引頸期盼著葵小姐的歸來。他說『因為我們約好了』、『所以我不想回去』，還說有個想吃的東西還沒吃到。」

「……竹千代大人這麼說？」

「是呀。這都是葵小姐的功勞。那孩子不僅單純進食，現在還開始主動表現出『想吃』的食欲了，卻不知道他現在在王宮裡是否吃得下飯。」

「……」

一想起竹千代大人的事情，就令我胸口陣陣刺痛。

然而一瞬之間，我感覺我彷彿受到遙遠前方的光點所指引，找到了自己該前進的方向。

竹千代大人說他還有想吃的東西沒吃到，那應該是指我依照約定替他做好帶來的甜點吧。

沒有必要想得太過複雜。

我去見他不就得了，首先把約定好的馬卡龍送到他身邊就行了。

沒錯，我的料理總是能提點我該怎麼做。

「請、請問……」

正當我準備提議這件事時，手臂突然被佐助拉住了。

然後他用嚴峻的表情微微對我搖頭。

他的視線相當冰冷，彷彿早已預料到我接下來要提議與進行的事情，所以才對此表示否定。

我不由自主地吞回沒說出口的話。

「不好意思，葵小姐，妳應該很累了吧？先請妳稍作休息吧。明天再來繼續商討今後的打算。」

「呃，好的……」

律子夫人似乎察覺到我的不對勁，在此時結束討論，引領我前往寢室。

我暫且先裝出休息的樣子，實際上也睡了一會兒。

然而在吸入黎明時刻的冷空氣時，我突然清醒過來。我暫時放空了一陣子——

「欸，佐助。」

接著我嘗試朝天花板喊話。

結果佐助回應了我：「請問有何事是也？」

「為什麼你當時對我搖頭？」

「因為葵殿下試圖潛入宮中是也。」

「這件事很困難嗎？」

「那還用說！您知道那座宮殿設了多嚴密的結界，還有銀鴿部隊與豬軍團的守衛嗎！」

從天花板裡探出頭的佐助，難得提高了音量。

他的語氣聽起來相當生氣，但因為所在位置太奇妙了，所以總覺得氣勢不太夠。

「我都明白啦，但是我想設法親自把馬卡龍送到竹千代大人那裡。我覺得這行動好像可以找到什麼答案。」

佐助還是一臉嚴峻的表情。

我從床被裡坐起身子，佐助也從天花板裡出來，乖巧地坐在我旁邊。

「但我們的容貌已經完全被對方掌握了。光是在下要潛入宮中都是賭命之舉，更何況葵殿下連妖怪都不是，是個人類。要是行蹤曝光的話太過危險是也。」

「那如果有密道的話，就另當別論了嗎？」

「嗯……或許可以考慮是也，不過這是不可能……嗯？」

不知從哪裡傳來了一陣男人的聲音。

我們四處張望，此時隔壁房的拉門突然快速敞開，彷彿變成自動門。

在昏暗之中只能隱約見到一個全白的人影，讓我跟佐助嚇得發抖，直接進入警戒模式。

然而那道人影的樣貌緩緩顯現為我們所熟悉的會計長。

「咦……難道是白夜……先生？」

「不用懷疑，正是。」

白夜先生猛然闔上拉門之後，來到我們身邊坐下。

接著他直盯著我看。我心想自己草率的提案被他聽見，大概要被臭罵一頓了，於是作好了心理準備。然而——

「葵，如果是一般狀況，我早就狠狠斥責一番妳這種不顧前後的提議了，但是這一次我表示贊同。我認為妳必須帶著那個什麼伴手禮去見竹千代大人，而且我也會同行。當然，也希望佐助你能助我們一臂之力。」

咦？沒被罵耶？

白夜先生甚至還露出不安好心的笑容，將隨身攜帶的摺扇抵在嘴前打著壞主意。

「因為我自己也有滿腹的怨言想當著妖王的面不吐不快啊。不過如果不採取入侵手段，目前的狀況就連我也難以見上妖王一面。所以這次就順著葵的輕率提案，去給他們一點顏色瞧瞧吧。」

給他們一點顏色？瞧瞧？

白夜先生此時已一臉若無其事地甩開摺扇往臉上搧風。

「在下有試圖阻止過了是也……」

「啊！哈！哈！佐助，你是未來有望的庭園長人選，要潛入隱世中難度最高的王宮，應該令你興奮難耐吧。」

「……唉，在下不管了，隨便兩位是也。」

真難得能看到如此興致勃勃的白夜先生，以及如此暴自棄的佐助。

「好了，別擔心。所有責任由提案者葵來扛。」

「咦？」

「都怪葵殿下您提出那麼輕率的計畫……是也。」

「咦……等等，你們倆打算把錯全推到我身上？是說根本把我當成麻煩分子了吧？」

「誰叫您是史郎殿下的孫女是也。」

「史郎的孫女，聽起來太糟了吧，不過反而也讓我看開了。」

佐助與白夜先生異口同聲地嘆了一句「哎呀呀」同時搖了搖頭。

總覺得有點不爽，不過我這部分的性格也許實際上正是遺傳自爺爺吧。

我並沒有大鬧一場的打算。

這次行動只是為了去實踐我該完成的事，履行我所做的約定罷了。

事不宜遲，白夜先生馬上從懷裡取出地圖，向我們說明密道所在位置。

「墓園……？之前遇見雷獸的那座墓園裡，有密道可以通往王宮？」

「是呀。那座大墓園原本就是開山闢建而成，我以前的住處就位於山腳下。身為千年土龍的砂樂與他的兄長紫門，兩人奉當時在位的妖王之命，挖通了一條從王宮直通我家的密道。原本的用途是當發生萬一時讓妖王遁逃，不過後來幾乎成為妖王偷跑來我家遊玩的專用通道。」

「……」

「如今已經沒有任何人知道這條密道的存在了……現在正是派上用場之時。」

於是我們開始偷偷摸摸地交頭接耳，擬定入侵王宮的作戰計畫。

插曲【三】白夜懷古

妖都裡有一座大型墓園。

妖怪雖然接近長生不老，但仍有迎接死亡的一天。這就是用來祭奠那些死者的地方。

「鈴女，抱歉啊。一直沒什麼機會能過來……」

我——天神屋的會計長白夜，睽違許久探訪妖都，來到某座墓前參拜。

我抬起斗笠的帽沿，凝望著佇立於樹蔭下的那座墳墓。

此處雖是妖怪的墓園，但這座墓是屬於某位人類的。

座落於稍微遠離大墓園中央區的這座墓碑，老舊、布滿苔鮮。

「過去天神屋經歷過無數次風雨難關，但這次面臨的是空前絕後的危機。無論如何都必須救回大老闆……」

一隻麻雀飛舞而下，降落於眼前的墓上，吱吱喳喳地唱著歌。

『白夜大人，聽我說。我一定會比你早離開，前往黃泉國度。所以，我想在有限的人生中盡可能完成所有想做的事。我想盡可能與你一起談天說地，感受你的存在，聽你呼喚我的名字。不過呢，當我死去之後，你可以馬上忘掉這個名字也無妨……』

妳曾說過的這番話此時浮現於我的腦海中，眼前的現況艱難到我必須依靠這些回憶才能撐下去。

「簡直就像受到妳的激勵一樣，鈴女。」

妳說可以忘掉的這個名字，至今未曾有一刻離開我的記憶之中。

○

時間回溯至大約六百年前。

我奉當時在位的妖王之命製作隱世全境地圖，周遊隱世八方大地，同時調查趨於穩定的八葉政治情勢、土地特色、居民傾向等各種國情。

猶記得那是發生在我行經西方大地時的事情，當時我正在山裡的河邊休息片刻。

「欸～快過來快過來～」

在竹林間飛來竄去的一群管子貓見到我的蹤影便呼喚我。我心想不知發生什麼事，跟著牠們走過去，結果發現一位失去意識的人類姑娘倒在河岸邊。

對方身材纖瘦，有一頭黑長髮，令人驚訝的是她身上穿著白無垢（註6）。

「準備出嫁的姑娘？」

為何這樣一個人類女子會出現在這？起初我對此抱持質疑的態度，但當時隱世與現世的分界線還處於曖昧不明的階段，兩世居民誤入異界的案例也不在少數。

「喂，妳沒事吧？」

那姑娘身邊聚集一群小麻雀，可能因為她身上帶著米袋，米粒四散在周圍。恢復意識的她對於自己是誰、又為何來到這裡一無所知，就只是個茫然的老實姑娘。

她正是在未來成為我妻子的鈴女。

鈴女這名字是我隨便幫她取的，因為看她當時被一群麻雀包圍（註7），而且沒有個名字可以叫也很麻煩，才出此下策。畢竟她連自己的姓名也回想不起來。

若把她一個人類姑娘丟在這樣的深山裡不管，不知道會被何方妖怪抓去吃掉。況且她清醒後，就對眼前的未知世界很畏懼，只能依靠第一個遇見的我，一路跟在我屁股後頭。

事情變得很麻煩。

要這樣帶著一位人類姑娘走遍隱世，這差事太費勁了。

我熟知幾個能通往異界的入口，心想把她送回現世好了。但她卻拒絕：「我不想回去，我不

註6：純白色的日本傳統結婚禮服。

註7：日語「麻雀」與「鈴女」發音相同。

想回去那裡！」

原本溫順老實的她提高音量，頑強地拒絕回到原本的世界，無奈之下我只好帶著她行動。

她在原本的世界無處可去？

或是不願嫁給原本的婚約對象？

現世此時正值室町時代，戰亂未有平息的一天。

她遭遇了什麼重大變故嗎？

鈴女沒有任何記憶，所以我始終未能得知其中的原因。明明什麼也不記得，對於回歸原本世界的抗拒感卻似乎深深烙印於她的體內，讓我產生了莫名的憐憫，於是決定暫時照顧她。

雖然是個無知且脆弱，迷糊得需要人照顧的姑娘，但在共同旅行的過程中，愛情開始在彼此之間萌芽，最後我們結為連理。

在那之前，我一直效命於隱世妖王，被交付各種重責大任。

若要問我為何從事這樣的工作，只能說是出自我這種妖怪的天性。因為白澤的命運就是效忠賢王，運用智慧給予建言，監督施政。

對於所謂「自身的幸福」，我幾乎從未產生過追求的渴望。

我過去的人生觀就是行得正坐得直，以淡泊的態度度日。

若以顏色來比喻，我的生活就像是淡淡的灰色。

然而，自從遇見鈴女之後，她為我的生活帶來安樂與滋潤。不知不覺間，我的每一天已充滿繽紛的色彩。只要看見她的笑容，就能讓我枯竭的心靈得到治癒，看盡世間醜態而混濁的雙眼也感覺漸漸變得清澄。

最後，周遊完隱世一圈的我們，在妖都北方的山腳下成家，開始兩人生活。

鈴女很努力替我準備三餐，不過她對於料理其實並不特別擅長。

她唯一記得的就是名為味噌田樂的一道豆腐料理，起源於她過去所生活的現世室町時代，在那時期相當盛行。

當時現世正在發展味噌與高湯的技術，在沒多久之後也傳入隱世。

隱世原本就有豆腐這東西，以妖都貴族為中心開始普及食用的習慣。田樂的料理方式為將豆腐沾上辛味噌後以竹串串起燒烤，做法雖然簡單，卻是相當美味的下酒菜。最重要的是因為鈴女常常替我做這道料理，所以我每天都會吃到。只要有這道菜就能讓我莫名湧現活力，堅強地度過每一天。

我們的相遇在春天。

度過了色彩繽紛的夏天，萬物豐收的秋天，淡灰色的冬天。

我們的夫妻生活就像四季流轉，從生氣勃勃到漸漸褪色。

沒錯，迎向了冬天。

因為我們開始察覺到光陰在彼此身上流逝的速度並不同。

這一切來得太快。對我而言，共度的時光短得宛若一陣吹拂而過的甜美春風，轉眼即逝……

鈴女漸漸上了年紀，抱病在身。

人類這種生物實在太脆弱，她才活不到五十年。

不，或許是因為身為人類，而且又是我妻子的雙重立場，格外地折損壽命吧。

畢竟長年與我對立的雷獸那傢伙，也對我們夫婦倆找盡了麻煩。

我一邊看顧著鈴女，一邊尋找能解救她的藥。即使我早就明白長生不老藥就算能克服壽命的限制，卻不能為人帶來幸福。

目送摯愛離開的恐懼占據了我的心。鈴女就這樣臥病在床，無力地握緊我的手。

『如果我死了，你可以馬上忘掉這個名字也無妨。反正這本來就是你取的，本應歸還給你。』

這種事我怎麼可能辦得到。

鈴女心裡也十分明白這一點，所以才刻意開口要我忘掉。

『我能遇見你真的很幸福，這一生我沒有遺憾。但是白夜大人你的人生還很長。如果你的未來不能繼續幸福，那我會無法瞑目的。活著的當下最重要，死後沒有什麼好留下的，你可以把我忘得一乾二淨。所以我希望你找到今後能陪伴你、值得珍惜的人，以及屬於你的安身之處。我會一直守護著你的，永永遠遠……』

鈴女最後留下這番話，含笑而終。

她的那張笑臉，至今依然歷歷在目。

我將她的墓立在我們同居的家裡，就在後院的一棵大樟樹下。

一部分也是因為歷經喪妻之痛吧，我變得莫名意志消沉。

那隻雷獸看準這個機會奪走我的身分地位，讓我在宮中失去立足之地。

老實說，我早已厭倦了。

王宮裡充滿自私自利的貴族，有時我也會質疑起自己是為了什麼而效命於這些人。

沒錯，我已經無法像以前那樣扼殺自己的情緒來撐過每一天了。

連我都忍不住諷刺地嘲笑自己，原來我也有如此怠惰的一面。

這樣的狀況持續了好幾年之後，某天我被黃金童子大人傳召到住處的庭園內，遇見一位男童。

對方是年幼的鬼族，正在樟樹上與麻雀玩耍。

鬼。妖怪世界中不受歡迎的身分，而且還是……邪鬼是吧。

他身上散發的邪氣已被黃金童子大人的封印術所遮蔽，以避免外人發現其身分，但騙不過我的雙眼。

他正是在隱世需要受到封印的邪鬼。

這孩子輕輕發出笑聲，接著從樹上下來，來到我面前。他用那雙成熟得不像小孩該有的紅色雙眼望向我，對我伸出手。

「我說白夜呀，妖都很枯燥乏味吧？如果你已經當膩妖王與貴族的褓姆，要不要試著與我一同滋潤這塊流淌著邪鬼之血的土地，打造隱世的極樂世界？」

長久以前侍奉各代妖王的我，從他的身上看見王者的風範。

我立刻領悟到他就是我接下來該效忠的對象。

這瞬間，我就像受到上天的啟示。

彷彿鈴女許下的心願在此刻成真，賦予了我新的歸屬與重要的同伴。

那就是誕生於鬼門大地的天神屋。

運用含有豐富靈力的泉源打造而成，隱世最大的極樂旅館。

在擁有這樣的稱號以前，我們耗費了漫長的歲月。我以會計長的身分與大老闆、砂樂，以及當時在設置於中庭的店面經營茶館的石榴，四人一起在天神屋度過繁忙的奮鬥時光。

一路看著大老闆漸漸長大成人，在我眼中既像自己的孩子，同時又是令我敬畏的存在……

沒錯，我開始在大老闆身上，以及這間名為天神屋的旅館內發現了珍貴的東西。

就這樣，我的每一天又開始填滿不同的色彩。

第七話 前進妖都王宮

縫陰家位於的月之目區，地理位置上與妖都王宮相鄰。

也因此，眾多官員與貴族都居住於此區。

如果要進入王宮，只能翻過包圍在王宮廣大用地外的城牆，或是穿越設置於東南西北四方位的大門。

然而白夜先生的地圖上，則記載了其他的捷徑。

沒錯，正是以妖都北側墓園為入口的密道。

我們透過白夜先生的人脈，乘船通過流經地下街的水路，前往「水分神大靈園」。

「唔唔……雖然說已經黎明了，但在毫無人煙的墓地還是很有恐怖的氣氛耶。說起來隱世這裡住的也是妖怪，好像也沒差。」

「啊，不過聽說這裡會『鬧鬼』是也。」

「咦！佐助，你說真的嗎？是說妖怪也有『鬧鬼』的概念喔……」

我保持輕聲細語，但還是難掩心中的驚訝。

白夜先生快步走向水分神大靈園深處，找到標的物——一棵高大的樟樹。

這棵樟樹下也立了一座墳。

只有這座墳與墓地群的位置稍微相隔了一段距離……

霎時之間，一股花香乘著清晨冷風掠過鼻腔，那座墓上供奉著僅僅一株百合花。

剪下的花枝依然嬌豔欲滴，應該是最近才獻上的吧。

白夜先生朝這座墳墓瞥了一眼，便不發一語地走向樟樹後方。

「喂，就是這裡。」

一道鐵製的暗門就位於樹洞的位置。

白夜先生伸出手掩上厚重的鐵蓋，蓋子上浮現出類似古老文字的痕跡，散發微微光芒。

「封印解除了，要把這抬起來囉。」

由於在場三人的力氣都沒有多大，所以齊聲喊出「預備～～」並漲紅著臉一起動手抬起來。

「在、在下……雖然身為忍者，但每次在『天神屋比腕力大賽』不意外地都敗在溫泉師靜奈的手上。這種粗活已超過在下的專業領域是也。」

「咦，靜奈還真厲害耶？」

「溫泉師基本上都很勇健的。」

接著我們好不容易抬起了鐵蓋，發現裡頭就像下水道，設有一路垂直往下的生鏽鐵梯。在身手矯健的佐助帶頭之下，我們小心翼翼地爬往下方。

鐵梯上持續響著我們「叩」、「叩」的腳步聲。

多虧佐助繫在腰間的妖火玻璃球，讓我們不至於處於完全的漆黑之中。但微弱的光線也不足以照亮三個人的手邊，於是我一邊用手摸索一邊往下爬。

「好、好痛是也。葵殿下。」

「哇，佐助抱歉！我不小心踩到你的手了！是說白夜先生不要老是踩我的頭啦！從中途開始根本是蓄意的吧。」

「唔，原來這是葵的頭啊。難怪我就覺得這踏板踩起來不太穩固……」

仔細想想我們這三人組也真夠莫名其妙了，從沒想過從天神屋的成員中會以這樣的組合攜手行動呢。

我們就這樣一路直直往下爬，直到佐助喊了一句「已著地是也」才總算稍微鬆了一口氣。

我們所到達的地面連接著一條路幅狹窄的古老通道，看起來是人工開鑿的，中間沒有任何岔路。

通道的高度雖然很低，但不至於需要屈膝。這裡也由佐助打頭陣，一路向前直行。

我們大概走了多久呢？從地圖上的距離來看，從水分神大靈園到王宮境內的步行時間似乎是一小時。然而在「不知何時能重回地表上」的不安狀態下行進，讓我覺得所花費的時間超過了兩倍之有。

「葵，妳還好嗎？」

「嗯，這點小事不算什麼啦。」

最後我們走到盡頭，前方設置著四方型的箱狀物體。

「這是什麼？」

「升降機。以現世的用詞來說，就是電梯吧。」

「咦！這是電梯？啊，不過這麼一說我才想起來，上次從地底上來時也搭了電梯呢。」

「是呀。升降機的技術早在好幾百年前就已發明，功臣就是住在地底的那些千年土龍，然而現在地表上的居民們也很仰賴這項技術呢。要是沒有升降機，那些住在妖都高樓大廈裡懶得動的貴族，哪能享受如此快活的生活。」

白夜先生說的確實有一番道理。

「這座升降機也是砂樂在老早以前設置的，只要灌輸靈力進去，我想現在依然能使用。那傢伙發明的東西應該絕對保證管用吧……應該。」

「真、真的沒問題嗎？」

白夜先生再次伸手覆上電梯旁邊類似符咒的東西，於是電梯亮起燈號，開始運作。電梯門打了開來，我們戰戰兢兢地進入其中。

這東西超乎我原本的預期，順利地往上升。

真佩服在久遠以前就開發了電梯的砂樂博士。

「聽好了，這座升降機將會抵達王宮最高樓層庭園裡的隱蔽洞穴。從那邊要再爬上鐵梯，推開鐵蓋後離開密道。王宮境內有豬軍團守衛，上空則有銀鴿部隊巡邏，戒備滴水不漏。不過佐助能使用隱身術對吧。」

「是。」

「你帶葵去尋找竹千代大人的下落。而我堂堂正正走在王宮裡面還比較不令人起疑吧。我就直接前往妖王殿，跟他來場面對面談判。喀哈哈！」

白夜先生跟往常一樣令人害怕，讓我跟佐助沒來由地打哆嗦。

「啊，對了，你們兩個。在執行作戰前先收下這個。」

我突然回想起某件事，當場把背在肩上的大包袱攤開，拿出夕顏專門裝土產品用的紙袋。

接著我把紙袋內的白色圓球小點心分別發給佐助與白夜先生一人一顆。

「這是什麼？」

「馬卡龍喔。如果有什麼萬一，碰上靈力不足的狀況，就把這個吃掉。當成緊急備糧帶著。」

「……」

兩人對於馬卡龍露出了微妙的反應，隨後電梯已到達最高樓層。

正如白夜先生所說明，我們停在一個類似地底土穴的地方，從這裡爬上鐵梯後再次打開圓形的鐵蓋。

這次由佐助同時運用雙手與頭，使盡力氣往上頂開蓋子，先確認外頭狀況。

外面的天色已經完全明亮，看來自從我們離開縫陰家已過了好一段時間。

「那麼，就此展開作戰是也。」
以此為信號，我被佐助拉住手，就這樣一陣風似地穿越中庭。
好驚人的速度，這就是鎌鼬們眼中見到的時間與風速……
白夜先生則已經不見蹤影，不過他不需要人家擔心，也會完成使命吧。
而下定決心的我咬緊牙根，絕對要好好抓牢肩上的馬卡龍包袱。
我們尋找著王宮北棟的入口。
此時正好有個看似後門的出入口打開，裡頭走出一個外型像豬的妖怪，正拿著一大袋垃圾出來倒。看他的打扮似乎是位廚師。
我們靠近那道後門，趁豬妖倒垃圾時敏捷地溜了進去。
很好，成功入侵了。
「……這裡……」
咕嘟咕嘟……咕嚕咕嚕……
咚咚咚咚……
各種緊湊的作業聲傳了過來，這是我每天最熟悉的——做料理的聲音。
「此處為廚房是也。」
佐助也悄聲告訴我。
的確沒錯，這裡就是宮內廚房？

數量可觀的廚師正在這個空間內製作料裡。雖然很好奇他們在做些什麼菜，但我在佐助的催促下偷偷摸摸地穿過廚房邊緣。

離開廚房後，可以看見女官們正在整理餐盤，堆疊在配膳用的料理檯上。

此時我被她們的話題引起了注意力。

「唉～～反正竹千代大人今天也是老樣子，不會用早膳吧。」

「真是糟蹋呀，這麼豪華的宮廷料理，就算有下毒我也願意吃。」

「妳在瞎說什麼呀，搞不好真的有摻毒耶。畢竟好不容易弄走了竹千代大人，又在妖王命令下回到宮中，讓很多人都不是滋味吧。」

「噓！要是多嘴的話，我們可會被滅口的。」

「也真不懂妖王大人何必要他回來。竹千代大人又沒有繼承權，母親也在文門大地療養。那麼難搞的孩子，光靠我們哪管得住。」

「不過，要是沒能成功讓他用膳，被罵的可是我們啊。」

她們似乎不吐不快，進行著帶有嘲諷意味的對話。

雖然我也很想提出抗議，不過……原來如此。

那套早膳會送到竹千代大面前是吧。

「尾隨這些女官似乎是最快速的手段了呢。」

「那麼在下就施展隱身術，帶著葵殿下一同前往是也。忍法，隱身之術。」

佐助用雙手打出結印，施展了「隱身術」。

我則靠在佐助身邊共享忍術的效力，同時悄悄跟在女官們的後頭。

不過話說回來……女官們所端著的早飯，還真是飄散出好誘人的氣味。

有栗子炊飯、加了高湯的湯豆腐、醬油燉白蘿蔔、燙拌水菜與燉煮紅鯛……

非常典雅又精緻的菜色。

三位女官分別端著擺放這些料理的高腳餐盤，一舉一動之中也許依循某種禮儀或形式吧，但移動速度也太慢吞吞了。

而且永遠有爬不完的樓梯！

長時間保持緊繃狀態之下，讓跟蹤變成很累的差事。等抵達竹千代大人的房間時，我已經快斷氣了。

高層中的最高樓層，正是王室成員的住宅區。

通過了從大型主塔向外延伸的空橋，有幾間類似別館的屋子分散於四處，其中一間就是竹千代大人的起居室。

我們繼續使用隱身術，靜悄悄地潛入那間房。

是竹千代大人。他挺直背脊坐在中央的座席上，一臉煩悶的表情。

女官們將早膳放在竹千大大人房內，原本想進行各種服侍。然而——

「快點出去。」

由於遭到竹千代大人的頑強拒絕，女官們以一副「早就知道他會這樣」的態度離開了房內。
而此時的我們躲藏於這間大房內一面氣派的金色屏風後方。
我的心臟從剛才就撲通撲通地劇烈跳動。
總算一路避開耳目，順利來到這裡了。
「竹千代大人……」
然而從屏風邊緣探頭望見的竹千代大人，卻露出悵然若失的空虛眼神。
簡直就像我最初遇到他時的樣子。
他雖然舉筷伸往眼前的豪華早膳打算開動，卻還是作罷。
一個人孤伶伶地坐在這間偌大房內的正中央。這孩子還這麼小，失去了眾人關心，像個人偶似地杵在那。
自從他被帶回來之後，就一直保持這樣的狀態。
在這裡能與自己作伴的，只有滿桌的精緻佳餚。
這些菜色嘗起來想必很美味吧。但是所謂的「宮廷料理」在他心中已成為「孤獨」的象徵，他的神情之中流露出對眼前這些東西的極度恐懼。
然後他靜靜地攤開放在一旁的紙張，凝視著上面的內容。
那張紙……是我手寫給他的兒童餐食譜。
「……好想吃。」

竹千代大人吐出了一句呢喃。

「好想吃葵做的菜……」

他的淚水滴落在食譜上，渴望著我的料理，那副模樣與那句話，讓我胸口一陣揪痛。

他還是擁有「食欲」的，雖然此時此地我無法完全滿足他的這份心願，不過——

「竹千代大人！很抱歉，我來晚了！」

我剝下佐助所施展的風之屏幕，從屏風後方現身而出。

「啊、啊、葵……？」

接著我蹲在一臉詫異的竹千代大人面前。

「嗯嗯，是我。我有樣東西想給竹千代大人嘗嘗，所以跑來這裡了。是我約定好要給你的食物喔。」

我露出微笑，拿出用繩子綑綁的小包裝袋，遞往依然處於驚訝狀態的他面前。

竹千代大人盯著小包裹一會兒，才用他那雙嬌小的手收下，並且解開繩子。

裡面裝著幾顆無添加色素的純白馬卡龍。

裡頭夾著微微帶有紅豆色的內餡，是我以紅豆沙餡加上提味關鍵「一小撮鹽」所打成的奶油霜，充滿日式風情的純手工製作。

竹千代大人不發一語地注視著這道甜點。

咦？難不成是我做得比他想像中還樸實多了？

「這……難道是馬可龍嗎？」

然而他意會到了。

「嗯嗯！這是我自己構想並試著做出來的，不確定是否有百分百還原史郎的奇妙點心就是了。這種甜點在現世稱為馬卡龍唷，我想讓你嘗嘗。」

「……讓我嘗嘗？」

「對呀，因為我們約定好了不是嗎？我為了做給竹千代大人吃，才來到這裡呀。」

我順便稍微開玩笑地抱怨「潛入任務可是頗費功夫的呢」。

竹千代大人應該十足理解吧。他的雙眼仍流露著驚喜，從包裝袋裡取出一顆，拿在手上。

「咦？比外觀看起來還要輕多了。」

「呵呵，對吧？吃下去之後你可能會更加驚訝。」

「……嗯？」

由於無法一口塞，他便咬了一半，結果被超乎預料的口感嚇到。

「哈哈哈！嚇了一跳吧？史郎的馬可龍呢，吃起來的口感相當有趣喔。外殼酥酥脆脆，裡面卻略帶濕潤與彈性，又有一種入口即化的輕柔綿密感。」

「真不可思議。不過……好好吃。非常美味。」

「真的嗎？合你的口味真是太好了。」

竹千代大人起初邊享受口感邊細嚼慢嚥地品嘗，沒多久之後沉醉於馬可龍的美味，喀滋喀滋地輕快塞入口中，填滿了雙頰。他一顆接一顆沒停過，感覺一會兒就要吃完了。果然肚子餓了很久吧。

看他正在煩惱最後一顆該先保留起來還是現在吃掉，於是我從袖口裡又掏出另一包。

這一包裡頭裝的也是馬卡龍。因為我把烤好的份全數帶過來了，想說可以當作緊急備糧給大家恢復靈力用。

「你還想吃的話這裡還有喔，所以手上的先吃掉吧。原本想說這是甜點，沒想到你這麼捧場，大口大口吃完了。」

「葵也一起。妳也吃吃看，很好吃耶！」

「知道了知道了……我好歹也是有試嘗一下味道啦。」

他很渴望有一個對象能分享這股美味吧。

我嘗了一顆自己親手製作的馬卡龍。

嗯，紅豆餡與奶油霜的搭配依然天衣無縫，一小撮的鹽也讓甜味不只是死甜，更具有深度。最重要的是麵糰中的自製杏仁粉所帶有的風味，是這道甜點最明顯的特色吧。因為從杏仁果實親自手磨風乾製成，香氣更明顯了。

對了，這能不能也當成天神屋的新土產呢？

內餡調味可依季節調整變化，與抹茶、黃豆粉及紫薯等和風口味也很搭。

等各方面狀況穩定下來，再找銀次先生商量看看吧。

真希望能引起大家品嘗新奇點心的興趣呀。

這樣一來大老闆他……也會替我感到開心吧？

大老闆……要抵達他的身邊，不知道還有多遠的一段路……

「葵？怎麼了？」

「嗯？呃，那個……我想說難得做好了佳餚卻放在一旁沒動，一大早吃甜點，一般來說會被罵一頓吧。」

在竹千代大人的面前，我要維持滿面的笑容。

剩下來的早膳想必也是廚師費盡苦心製作出來的吧。放在一只只小缽裡的料理，全都經過精心的擺盤啊。把這些料理放在一旁卻吃起別的甜點，身為小小料理人的我感受到一股莫名的罪惡感。放著不吃真可惜呀……

「如果對這些早膳感興趣，妳可以拿去吃唷，葵。」

「咦？這、這怎麼行！這些是……」

「反正我已經吃得飽飽的了。」

「怎麼可以，用甜點果腹不行啦，小孩子還在發育期要多吃點啊。」

而且由我吃掉竹千代大人的早膳這種事，本身就夠失禮了。

雖然很失禮……但他本人好像也不怎麼在意……

「啊～有米糠醃小黃瓜滴味道～」

原本藏在我懷裡睡覺的小不點，嗅到小黃瓜的氣味便挑準時機現身。

剛才明明還一聲都沒吭的，只有這種時候才會悠哉地露面……

「這、這隻怪東西是什麼？」

「啊，竹千代大人跟他是第一次見面吧。這孩子叫小不點，算是我的眷屬。他是一種叫做手鞠河童的妖怪，產自現世，在隱世見不到的唷。」

「哇……現世的妖怪。」

竹千代大人果然對於現世的一切深感興趣。

小不點輕巧地跳到對方面前，說了一句「看看如此可愛滴我～」並展露了一段神祕的手舞足蹈。

沒錯，這就是深知自己外表很討喜的矯情做作妖怪，手鞠河童。

竹千代大人似乎很中意這樣的小不點，對他又戳又抱又捏的。很會看場面的小不點也乖巧地任憑對方擺布。

不過他要求米糠醃黃瓜為犒賞，果然有著現實的一面。

雖然我早就知道了。

「欸，竹千代大人，你還想回去律子夫人家嗎？」

「……咦？」

這個問題讓他緩緩瞪大了雙眼。

他將喀滋喀滋咬著米糠小黃瓜的小不點擱在膝上，又露出空虛的眼神並垂低臉龐。

「你待在這裡很寂寞吧？」

「……嗯。」

一段短暫的沉默經過，竹千代大人說出「可是……」似乎打算接著回應什麼。

然而就在此時——

「這可不行，竹千代大人。您必須留在這裡。」

一股略帶沙啞的女性聲音在房內朗朗地響起。

竹千代大人房間的拉門被拉開，踏入房內的是一位身穿男款狩衣的女子。

一頭深紫色的直長髮綁在背後，還有一對橫著長的尖耳朵。

再加上那頗具特色的殿上眉，也就是點點眉。

我並不是第一次見到她。

「石榴……小姐？」

她是大湖串糕點屋的石榴小姐，也正是東南方的八葉。

身為洗豆妖的她，曾經在天神屋經營過茶館。

就在我目前經營夕顏的那個中庭內。

「哎呀，能被妳記得是我的光榮，不過我也很清楚妳的身分唷，葵小姐。」

石榴小姐瞇起眼露出了溫柔的笑容。

她帶著那張笑臉蹲在竹千代大人身旁，湊近看著對方稚嫩的臉。

「竹千代大人，您無須擔心。從今以後您不會感受到任何孤單了。因為接下來由我貼身服侍您，打理您的三餐與點心。赤熊將軍也會成為後盾守護您。這一切全是妖王大人的囑咐。」

「……咦？」

竹千代大人感到不知所措。

石榴小姐身後站著一位威風凜凜的武官，臉頰上帶有傷疤，還有一頭紅褐色的頭髮，貌似很年輕。對方一直狠狠瞪著我。他就是把竹千代大人帶走的那位赤熊將軍……？

我繃緊表情，緩緩站起身。

慘了。雖然來到最後一步，但還是被宮內的人發現蹤跡了。

要是在這裡被抓走，會給天神屋的大家添麻煩的。

「嗯？」

石榴小姐看著竹千代大人放在身旁的那包馬卡龍，微微皺起了眉，然而馬上又恢復笑容。

「呵呵，我聽說竹千代大人回到宮中，今天一大早也努力準備了大福呢……」

她將端來的高腳小木檯放在竹千代大人的面前。

木檯上放著單一顆大福，就像祭祀用的祭品一樣正式。

「不過看起來似乎是白費工夫了呢。因為那位天神屋的葵小姐似乎已經替您準備了點心。所以……呃，我也對這樣點心有點好奇，可以拿一顆嗎？」

「咦？」

石榴小姐表現出有點扭扭捏捏的樣子，伸手指向裝著馬卡龍的包裝袋。

她竟然會對這東西感興趣，讓我很意外。畢竟我聽說她是製作傳統和菓子的師傅。

我心想可能有詐，依然沒有放下戒心。況且在石榴小姐身後的赤熊將軍還問了一句「把她抓起來吧」讓我更加做好了逃跑的準備。

「好了好了，別在竹千代大人面前說這麼無禮的話，赤熊將軍。」

「可是，石榴大人……對方可是天神屋的津場木葵，那位史郎的孫女啊。難保她不會挾持竹千代大人當人質……她可是那位津場木史郎的孫女啊！」

名叫赤熊的那位將軍怒吼著，還不忘重複兩次關鍵字。

然而石榴小姐露出苦笑。

「話雖如此，但是對竹千代大人來說，對方似乎貴為客人。據報告所言，竹千代大人只願意享用津場木葵的料理不是嗎？況且我好歹是個和菓子師傅，還曾是天神屋的前幹部，對於繼承中庭裡那間店舖的她手藝如何，感到相當好奇。」

天神屋的前幹部——親口承認這項身分的她，眼神之中帶著沉靜的熱度。

而我也開始產生欲望，除了想讓她嘗嘗自己做的點心以外，也想嘗嘗對方做的和菓子。

於是我不自覺地把裝了和風馬卡龍的袋子遞向她。

「那個……不然我們以物易物吧。請讓我也嘗嘗妳做的甜點。」

「哈哈哈，妳果然如同我所聽說的一樣，大膽又粗神經呢。」

……到底是聽誰說的？

雖然滿頭問號，不過獲得了石榴小姐的首肯。

「這當然好呀。我也正想請妳嘗嘗看我做的豆大福呢。我本來心想竹千代大人若吃得喜歡也許會想再來一顆，所以多做了一點帶來。不過……看來這心願是無法實現了。如果葵小姐願意享用，是我的榮幸。」

為了竹千代大人所準備的豆大福就這樣被留在原地。

石榴小姐從懷裡取出以竹葉包起來的包裹。裡面包了另一顆豆大福，與獻給竹千代大人的一模一樣。

她就地跪坐下來，從袋中取出一顆馬卡龍後優雅地送入口中。

我也跟著坐下，從竹葉包裝裡拿出大福，咬了一口。

一股莫名的緊張感竄過全身。因為我們倆正面對面吃著彼此做的甜點，同時偷偷觀察對方的反應。

「哇！好好吃！」

然而這豆大福的美味讓我不禁掩口發出讚嘆。

這並非什麼革命性的新美味。當然，豆大福這種點心我至今也早已吃習慣了。

但是這麻糬皮柔嫩中卻帶有Q彈嚼勁，裡頭的紅豆沙餡滑順細緻，甜度拿捏得恰到好處，能感受到手工的細膩。大福表面隱約可見的紅豌豆具有十足存在感，強調了「豆」大福的特徵。

整體來說，這款豆大福能感受到創作者的個性，又是人見人愛的經典滋味。

實在令人佩服……

「葵小姐，這款甜點叫什麼呢？」

「啊，那是馬卡龍，用蛋白製作而成。原本可以夾入巧克力或水果等奶油內餡享受各種不同風味，這次則使用鹽味奶油霜加入紅豆餡。」

「這樣啊，這點心真好吃呢。還以為我差不多吃遍天底下的紅豆餡點心了，沒想過還有這種吃法，感覺會令人上癮呢。」

石榴小姐又從包裝袋裡取出另一顆馬卡龍，喀滋喀滋地享用。看她似乎很中意這口味，令我有點開心。

「不過，這並非能廣受妖怪喜愛的口味呢。」

然而她的這句話讓我的喜悅之情一口氣被澆熄。

「我的意思是，這甜點……禁不起時代的考驗。」

石榴小姐看著我僵硬的表情，又露出親切的微笑，用直爽的語氣繼續說下去。

「葵小姐，我在各種報章雜誌上常常看到妳做的菜餚與甜點。還有天神屋的新土產！那個加了起司的蒸甜饅頭真的非常美味，讓我感到有些懷念。因為……那跟我過去製作的東西有幾分相似。」

幾分相似？她指的是什麼？

我幾乎不知道她過去有過哪些作品，也沒有模仿的意思。

「嗯嗯，這當然不是指料理種類或口味相同的意思，相似的是『我們對料理的抱負』吧。」

「對料理的抱負……？」

「是呀，就是這種求新求變的態度。然而，正因為我們相似，我才能告訴妳——妳的作品在時代潮流的演變之中，得到的評價也會有所轉變。現世料理目前對於妖怪來說相當新奇，但無可避免會迎向同樣的結局。」

石榴小姐的眼神轉為些許冰冷，無情地告訴我。

「對於生活在隱世的眾生來說，當新鮮感褪去之時，妳的料理就不具有存在價值了。妖怪很容易激發熱情，也很容易失去興致，真的就是喜新厭舊。每當掀起新流行，退潮的速度也驚人得快。然而，能夠禁得起時代考驗，讓妖怪們永遠不厭倦，才是真本事。」

「……真本事？」

「所以我才決定回歸經典。我回到大湖串糕點屋再次進行修業，研究長存於歷史中的和菓子所擁有的本質，透徹鑽研。結果呢……大家都重新回頭了。他們不時會被人氣直升的新東西吸引而沉迷其中，但是……即使短暫忘掉了這滋味，最終仍會回到這裡來。」

她凝視著被放在竹千代大人面前的高腳小木檯上那顆豆大福。

我也自然而然地跟著她的視線看了過去。

那是顆沒有任何華美的裝飾，非常基本的傳統大福。這樣的外觀應該已經維持了好長一段年月吧。

然而，這正是其精髓所在。雖然只是平凡的大福，卻有著正式高雅的姿態，經過無數的歲月累積，無數次的改良才能到達的境界。我能感受到其中含有這樣的歷史性。

沒錯。我並非無法理解石榴小姐的想法。

我的料理能被妖怪接受，的確是因為口味新奇，而且兼具恢復靈力的效果吧。

就算因為過去被爺爺灌輸了妖怪偏好的口味好了，但就這一點來說，隱世裡的妖怪廚師跟我並無異。

能倖存下來的傳統，以及在一陣流行熱潮退去後，被眾人遺忘並消失的前衛。

我的料理也許確實屬於後者……

「假設……葵小姐。如果說妳的料理能讓我感受到任何具有威脅的可能性存在，我也許會選擇對天神屋伸出援手。」

石榴小姐從懷裡取出某樣物品，外頭包著精緻的絲袋。

「難道那是……金印璽？」

東南八葉——大湖串糕點屋。

金印璽上刻著以前在空中飛船上看到的三寶玉家徽。

對了，她擔任八葉其中一角，她擁有我們天神屋所渴求的一票。

「等等！石榴大人！這實在……」

「你稍微安靜點，赤熊將軍。天神屋大老闆也並非對我完全無恩，過去只有那位大人認同我的才能。當時的我帶著迷惘所創作的新甜點，得到了他的讚許……然而我同時也有身為洗豆妖的立場要兼顧。如果真有一道料理能超越這些桎梏，使我的心被打動並且激起熱情，我……但是，葵小姐，如果妳只能讓我看見過往的自己，我是無法給予幫助的。」

「這是……給我的考驗嗎？」

原來如此，所以我剛才已經失敗了一次。

如果剛才能交出讓她認可的作品，也許機會早已到手。也許將能成為守護大老闆安身之處的一個希望。然而我卻……

想到這裡，就令我不禁覺得自己的料理根本不算一回事。

總覺得無法克制地心亂如麻。

就連至今以來那些讚賞過我的料理的聲音，也漸漸消失遠去。因為那只不過是當下一瞬間的感想，並不具有顛覆什麼的影響力。

只能漸漸消失在時光的洪流中。

光憑這樣的能力，我如何能守護大老闆與天神屋的什麼？

「妳閉嘴！」

然而，對石榴小姐提出反駁的，是剛才一直靜靜看著我們對話的竹千代大人。他緩緩站起身，用顫抖的聲音繼續說道：

「吵死了。妳閉嘴妳閉嘴！妳們的料理究竟又算什麼？那些東西，明明根本從未拯救過我。」

「……竹千代大人？」

竹千代大人拉高音量，為了我提出控訴。

石榴小姐瞪大雙眼，在竹千代大人面前收起笑容。

我也震驚得像是被呼了一巴掌，眼睛連眨都不眨一下，抬頭直望著身旁小小的竹千代大人。

「葵的料理拯救了我！她關心我，為了我而動手做出來的。妳們只是把冷冰冰又毫無感情的山珍海味硬推給我，然後馬上逃之夭夭……對我視而不見！妳們難道有試著好好看過我一眼嗎？」

他顫抖著雙唇，像個要盡任性的孩子一樣，露出一張泫然欲泣的表情。

就連雙眼也發紅，眼淚彷彿下一秒就要潰堤，然而那雙浮現出同心圓的眼眸仍然蘊藏著堅定的意志。

「！」

而且他那頭灰色頭髮也隨著激昂的情緒與高亢的靈力，染上了櫻花粉與淡紫藤色的漸層，散發著光澤。

那畫面實在美得令我屏息，而且這髮色給我一種似曾相識的感覺……

「竹千代大人……您的頭髮……」

石榴小姐與赤熊將軍雙雙在竹千代大人面前跪下並低頭。

我不明白究竟是怎麼一回事，不過的確是竹千代大人讓他們臣服的。

他以前說過希望自己變成強大的男人，還曾好幾次追著我問，吃我做的料理是不是真的就能變強。

然而能讓他變強大的，我想還是靠他堅定的意志——勇於主張自己的願望。而促使他產生這份勇氣的是……

「……原來如此。」

啊啊，原來啊，我微不足道的料理，對他而言已經足夠。

我下廚沒有必要著眼於大局或是悠久歷史，也不需要什麼遠大的目標。

就只是與眼前的妖怪真心交流，為對方製作此刻最需要的東西。讓他吐露內心的願望，輕輕在背後推他一把。

即使總有一天被厭倦、被忘卻也無妨。能與對方共享每個當下所感受的美味、快樂與幸福這些心情，就已經足夠。

每個人當下都有自己的課題。如果我能成為他們的一股助力，這樣就夠了。

「謝謝你……竹千代大人。」

我無法壓抑心中的感謝之情。

石榴小姐的那番話讓我一度卻步，但是我已經能重新振作了。沒必要過於逞強。

「石榴小姐，妳給我了一番忠告呢。」

「……葵小姐？」

「不過，我都明白。沒關係的。即使我們擁有相同的初衷，但我與妳想追求的目標想必位於不同的方向。而且……我本來就是人類，被遺忘的時候也許早就歸西，我認為這樣就行了。要是繼續流傳後世，卻成為無法到手的絕響，只是徒增痛苦吧。畢竟妖怪們都很長壽。」

我的這番話讓石榴小姐一臉茫然。

我想也是啦，畢竟這恐怕是人類才會有的思維。

「雖然很羨慕妳的甜點能夠長久受到愛戴，不過我在有生之年，會用自己的手藝盡我所能的。即使總有一天被世人遺忘也無妨。」

只要能這麼想，很多煩惱都能一掃而空了。

受世人愛戴，流芳百世的經典；雖然不能迎合所有人的口味，但是能為眼前的人帶來驚奇與感動的新潮……

這兩者想必都有存在於世上的必要，一定有人視其為必要。

「……嘖！」

此時，對於這番不明所以的對話感到不耐煩的赤熊將軍，終於拔出了腰間的刀。

「已經夠了吧？石榴大人，非法入侵的刁民所做的料理到底有何好說的。這女人可是天神屋的津場木葵，為了找出那位邪鬼大老闆的下落，絕對有必要逮捕她。這全是為了妖王大人！」

然而此時張開雙臂擋在我與赤熊將軍之間的，正是竹千代大人。

赤熊將軍再怎麼樣也無法對皇子拔刀相向，於是瞬間遲疑了一會兒。

「葵，快逃！我多少也知道其中的內情，妳不能在這裡被抓走。」

竹千代大人朝我大喊。

「葵，妳確實遵守約定，帶著甜點來見我了。這是能讓同伴變強的點心對吧。我也會在『這裡』變得更堅強的！」

「竹千代大人……」

「我也跟妳許下約定，總有一天我絕對會讓母親大人嘗到我跟葵當時一起做出的那道料理！」

還如此幼小的孩子，此刻的背影看起來卻無比寬闊且偉大。

也許這是流著王室血液的他，原本就擁有的天性。

他已經不考慮回到律子夫人家，而是下定決心在這裡變得強大。

「葵，快逃！」

然而赤熊將軍並沒有錯過我企圖匆忙逃離現場的動作。他隨即一個翻身，用兇惡的表情捉住我的手腕，扭著我的手臂將我整個人拎了起來。

「痛……！」

「豈能放妳逃跑，津場木葵！」

然而就在下一秒，房內的屏風被吹倒，強勁的風席捲整個室內，頭頂上方飛來好幾只小型匕首。赤熊將軍立即橫掃握在另一隻手上的刀，將小型匕首擊落。

「疼疼疼！」

小不點此時趁隙蹦蹦跳跳沿著我身體往上爬，朝赤熊將軍的手咬了下去。

就在將軍鬆開抓著我的手那瞬間，強風再次包圍著我，就這樣將我捲走。

是佐助，他抱著我衝出這間房的緣廊。

「可惡！站住！你們給我站住啊啊啊啊啊！」

赤熊將軍的聲音漸漸遠去。這也不意外，因為我們已經在空中往下墜落。

由於有佐助抱著我，所以並不覺得可怕，我緊緊摟住他的頸子。

我們順利降落在正下方的塔頂，就這樣在塔頂上不規則地移動，最後鑽入某座小塔的屋簷下藏匿。

稍微過了一會兒後，我向佐助說了聲「謝謝你救了我」。

「……這是在下的職責是也。」

佐助給了我很官方的回應。

然而他往我這裡瞄了一眼，突然開口說：

「對了……聽說在下搭乘星華丸時，舍弟舍妹們好像吃到了葵殿下給的點心是也……呃，叫什麼來著，馬可……卡……卡龍可？」

「嗯？是馬卡龍唷。」

「對！他們滿面笑容地跟我報告，說那點心非常美味是也。」

佐助一張凜然的表情，把剛才搞錯名稱的事情當作從未發生過。

接著他繼續說道——

「那想必就是剛才您送給竹千代大人的點心吧。在下剛才也吃了葵殿下您事先給我的備糧，才能發揮力量。真的非常美味是也。」

佐助轉身與我面對面，給了我一個淺淺微笑。以他來說非常稀有可貴。

「葵殿下的料理總是讓某些人、某些妖怪打起精神。唯有這一點，我保證是天神屋上下都深知的事實。」

這句話強烈地在我心底迴響。

想必佐助他剛才也目睹了石榴小姐對我說了那些話，才刻意這樣鼓勵我吧。光是那張笑臉，就讓我充分恢復精神了。

我抬起臉仰望著剛才竹千代大人待著的那間房間。

即使早已被埋沒在眾多聳立高塔的屋簷之間，我還是望著看不見的那間房。

石榴小姐。

空有想幫助大老闆的這份心意，是無法讓妳有所行動的吧。

這次雖然沒能成功，但下次見到她時，我希望能請她品嘗到選擇了不同道路的我所做出來的料理與甜點，並且獲得她的認同。

因為她會刻意向我提起金印璽的事，應該是想提醒我只有這一點能左右她的決定吧。

插曲【三】 白夜駕到

這裡是王宮內的大本殿。

上一次走在這條通往妖王殿的空中大廊，是多久以前的事了？

我——天神屋會計長白夜，此時內心極度平靜，宛如止水。

簡直就像久遠以前在這宮中效命時的我。

「是天神屋的白夜大人耶。」

「天神屋已經玩完囉，就算是白夜大人也束手無策啦。」

「噓！據說對方擁有無數的眼目，要是多嘴說些有的沒的，被他瞪一下你就完啦。」

「可是白夜大人為何會現身於此……？」

哼，你們暗中說的壞話全都傳進我的耳裡了。

但現在可不是跟這些貴族小角色計較的時候。

我從敞開的大門光明正大地進入王宮內，打算謁見妖王。

「請您暫且留步，白夜大人。」

就在此時，我被看守宮殿的黑豬將軍擋住了去路。

他的身分我也很清楚——留著黑鬍鬚，個頭魁梧又驍勇的妖都大將軍。

「您並未獲得出入妖王殿的許可。」

「哼，少裝傻了。這一路上可沒有任何人拒絕我入侵，我可是堂堂正正走過來的。」

我挖苦完黑豬將軍之後便大搖大擺地走過他的身旁，馬上前往妖王殿。

群起騷動的文官、武官與貴族們的反應我全沒放在眼裡，就這樣走向坐在高高在上的王座上凝視我的現任妖王，在他面前深深低頭行禮，以袖掩面。

「白夜啊……平身。」

坐在王座上的妖王以澄透的聲音回應我，我便抬起頭。

他擁有一頭由粉紅至淡紫色的幻彩髮色，不同角度會呈現出不同色彩。那雙眼眸裡烙印著雙層的同心圓花紋。身上穿著又長又隆重的華服，頭上戴著王者象徵的王冠。

雖然如此，這位妖王有著還很年輕的青年外貌。

實際上在我看來也是頗為年輕的妖王沒錯，登上王座至今還不滿兩百年。

「好久不見了啊，白夜。能未經許可潛入城內、大搖大擺走進王宮內的人，除了你大概也沒有別人了吧。在如此森嚴的戒備之中，到底是從哪裡進來的呢？看來這王宮裡還有許多只有你一個人了解的機關吧。」

「哦？我並不清楚您在說什麼，由於沒有任何人攔下我，我就擅自解讀為妖王傳喚我過來了。」

妖王對著厚臉皮裝傻的我輕輕笑出了聲。

「你還是跟以前一樣呢，即使在君王面前也不擺出任何一個討好的笑容。」

「這種事情做了對誰都無益。」

「呵呵，我就是中意你這點。」

持續了一段無關緊要的對話後，我壓低凝視妖王的眼神，猛然切入正題。

「請容我開門見山地說了。我會來此謁見的目的無須多言——請您撤回關於我們天神屋大老闆的裁定。」

「……」

妖王剛才還溫和沉穩的表情與眼色驟然一變，然而我也並不退卻。

「妖王，您在害怕些什麼？大老闆的事情您應該最了解不是嗎？我們天神屋的大老闆自幼就陪伴您身邊，當您的後盾，對您來說是宛若兄長般的存在。您應該也很景仰那位大人才是。」

我的說詞讓妖王的近臣們散發出怒髮衝冠般的靈力，反覆警告我謹言慎行。

然而妖王本人僅對他們使了個眼色，命令他們安靜，繼續默默地聽著我說。

於是我毫不客氣地繼續。

「在過去的歷史中，『邪鬼』的確曾是威脅隱世的存在沒錯，但大老闆不一樣。他的心中並沒有邪念，就只是個存在於遠古的偉大妖怪。直到此時此刻為止，誰也沒懷疑過那位大人有邪鬼身分不是嗎？最愚蠢的就是那些滿足於出生背景，擁有比邪鬼更加扭曲的心靈，玩弄無辜眾生的那些下流之輩才對，不是嗎？」

主要就是指雷獸那種，就是他那種傢伙。

妖王應該能理解這一點才對。

他自幼最痛恨的就是那種空有身世的蠢才被重用的宮中潛規則。

在繼承權的鬥爭之中，他明明也被那隻雷獸耍得團團轉。

「然而您為何要聽信那傢伙的話？您為何選擇相信他，而非大老闆？我無法容忍這一點。只因為邪鬼身分就切割掉陪伴您至今的親信，只因為尊貴聖獸的身分就重用折磨您至今的小人，是這樣嗎？這並不是德高望重的君王該有的行為吧。」

我的這番話，這位君王聽得進去嗎？

然而妖王的眼神轉為陰天般灰暗，隨後又變回原本鮮明的色彩，除此以外毫無反應。

「白夜，你的忠言說得很有道理，但即使如此，我還是必須逮捕大老闆，將他再次封印於地底。因為我看見了——他的真面目。」

「……妖王。」

「既然我已目睹到事實，那麼沒有任何人能改變他的命運了。為了守護隱世和平，沒有人能阻止我。」

我依然未能參透妖王的真心，但是他的這項決斷，似乎不會因為我的三言兩語而輕易動搖。

雖然我感受到他流露出一瞬的迷惘抑或是憂愁……即便如此，他也仍然沒有回心轉意的打算吧。

「哈哈哈哈哈！白夜～～上次有幸觀賞到你狼狽的逃跑模樣呢。託你的福，讓我的誘餌順利逃之夭夭了啊。」

「嘖，來了是吧……雷獸。」

雷獸挑準了時機現身於宮殿中。

他還是那副嘻皮笑臉又吊兒郎當的樣子，態度令人難以捉摸。光是看著就覺得火氣上來了，老實說很想要他的命。

「雷獸，找樂子也該有個分寸。你的目的究竟是什麼！」

「啥～～？找樂子是吧。」

雷獸並沒有回答我的問題，而是拿出預先放在身後的某樣東西朝向我，得意地竊笑。

那東西並不屬於這個世界的產物。

那是人類與妖怪在永無止盡的鬥爭之中，於常世誕生的「現身大鏡」。

「原來如此。你就是用這個揭開大老闆的原形是吧，邪魔歪道的畜生！」

我看見鏡裡所反射的自己，體內的靈力開始不受控制地緩緩掀起怒濤。

「為何這東西會在你手上，雷獸。你、你在這隱世究竟有什麼陰謀！」

這面鏡子將會強制褪下妖怪幻化後的姿態。

這股感覺每次都令我戰慄不已。

映在鏡子裡的我，外型漸漸轉變為白色的獅子一般。

於額頭上的第三隻眼正緩緩打開，轉動著眼珠子瞪著。

與第三隻眼有著相同外型的化身，在我身體的左右各顯現出三隻，宛如把我包圍其中。所有眼睛都迅速地睜得大大的。

白澤——一共擁有九隻眼，負責看守世界的聖獸。

「噢噢……」

「那就是常世的聖獸——白澤的原形……」

在大廳內待命的所有人都不由自主發出驚嘆。

至今，我幾乎未曾公開過這樣的姿態。

「哈！哈！哈！哈！哈！白夜～上次看見你這副模樣不知是幾百年前了呢。在常世那時還能常常見到的啊。你我明明是成對的存在，但跟美麗的我相比，你這身模樣也太駭人了吧。」

沒錯。

我與雷獸都是在遠古以前從常世渡往這個隱世的異界妖怪。

我們一邊維持敵視關係，一邊看著隱世的變遷。

雷獸，你的目的究竟是什麼？

「白夜，你明知那位大老闆身為邪鬼，卻隱瞞實情到現在，這是重大的反叛罪行。我命你代替逃走的大老闆在宮殿內禁閉，直到夜行會舉行……我並不想傷害長久以來引導隱世的你，求你老實點服從判決。」

在妖王冰冷的聲音之中，我維持著被迫公開的妖怪原形，就這樣被為數眾多的士兵逮捕。

妖怪一旦被強制解除幻化的外形，靈力就會驟降並弱化。

雷獸奚落著這樣的我，露出了無聲的勝利笑容，滿臉得意。

「欸，白夜。你跟我一樣，都是捨棄了常世的聖獸，我們彼此應該都擁有監督治世的職責在身。了解萬物眾生，為民除害，指引君王，讓隱世維持和平——你有你的正義，而我則是必要之惡。我自認我是以不同的方式守護著這個隱世喔。為了不讓這裡變成第二個常世……」

雷獸的聲音聽起來很遙遠。

簡直就像在水裡聽著他含糊的聲音。

雷獸訕笑著，已確信自己擊敗了我。

「你簡直是飛蛾撲火。這次是我的勝利啊，你活該！本來想用小葵當成誘餌引大老闆現身，不過有你這傢伙也夠了吧。對天神屋來說也是一大打擊，感覺接下的發展會很有趣呢。」

然而我在恍惚之間看見了滾落在眼前的一顆白色圓球形物體。

這是從葵那裡收到之後，原本被我藏在懷裡的神祕點心。

「嗯？這什麼東西。」

雷獸也發現了那點心的存在。

我全力斬斷靈力低落所侵襲而來的睡意，毫不猶豫地咬下那點心。

接著我咀嚼，像野獸般大口大口吃著。
一股湧泉般的東西從我體內深處滾滾滿溢而出——是新產生的靈力。
我再次對於葵的料理所含有的威力感到佩服。雖然這點心吃起來口感有些奇妙。
不過還是讓我熱血沸騰。葵，幹得好。
「……呵呵呵，哈哈哈哈哈！」
「？」
在場大概沒有人能明白我為何而笑。
我當著妖王的面狠狠踹翻那群試圖逮捕我的豬士兵們。
以目前的姿態，要殲滅他們何其容易。
「為、為什麼！白夜！就連那位大老闆在大鏡面前都無力招架啊！」
雷獸露出一臉小家子氣的表情，就像徹底被我打趴。
「蠢貨！雷獸你這個大蠢貨！我可不會被這種玩意兒打敗的！不過這要多虧了天神屋下任女老闆候選人預先給了我這麼優秀的東西。等成功救出大老闆之後，必須讓他隨身攜帶葵的手做便當呢……嗯哼，下回需要開會討論。」
「白夜，你、你這傢伙……我知道囉，你剛才吃下的神祕白色圓球……那是津場木葵做的食物對吧！可惡！又是那個小姑娘……」
津場木葵這個名字讓這間王宮內所有人陷入更大的騷動。

連妖王也皺起眉頭。

她的祖父正是在隱世無人不知無人不曉的某位人類男子。

真想讓葵瞧瞧在場所有人難掩驚訝的表情有多丟人。

這實在令我有些痛快。

我維持白獅的模樣往王宮大門衝刺，踢飛阻擋在眼前的豬士兵們，穿過空中大廊逃往室外。

位於我額頭上的第三隻眼與環繞身體的其他六隻眼正慌忙地轉動著，確認周遭情況。

現在的心情只想大鬧一場。

往常那個淡定的我已經消失無蹤。

「欸！快看！白夜大人失控了！」

「銀鴿部隊，快點追上去！」

鳥笛響徹雲霄，接著一群銀鴿部隊的士兵從上空朝著我進攻。然而我絲毫不在意他們的存在，正用九眼搜尋著目標。

找到了。佐助與葵正在某座小塔的屋頂下，焦急地窺視著我這邊的狀況。他們兩人想必不知道我是誰吧。

「你們倆都抓緊我的背！」

我一路踩著無數塔頂當跳板，朝他們的方向奔馳而去。結果佐助發現到我就是會計長白夜，於是抱起葵化為一陣風，瞬間飛奔過來與我會合，不給銀鴿部隊一絲瞄準的機會。

不愧是天神屋首屈一指的人才，受到風眷顧的孩子。

「看來任務進行得很順利啊，葵、佐助。」

「勉強完成了，雖然被敵方發現蹤跡時一度覺得完蛋了是也……」

佐助已經完全適應我的容貌，用平常的口吻說著。然而葵似乎還搞不清楚狀況。

「葵，怎麼了？」

「咦，咦？這個是，白夜先生嗎？」

她瞪圓了雙眼，用顫抖的手指指了過來，用「這個」來稱呼我。

「沒有錯，這正是白澤的真實姿態是也。」

「咦咦咦咦咦咦！」

一邊聽著她悅耳的尖叫聲，我一邊飛往上空。

「追上去！別讓他們跑了！」

銀鴿手拿長槍朝我們射出，然而佐助以我的背當成踏板站起身，擲出無數把小型匕首，與長槍擦撞改變射擊軌道。

「——進攻！」

他瞬間化作一陣風，手持小刀在空中飛舞，擊落了飛行中的鴿子們。身手令人佩服。

而葵光是要緊緊抓牢我的背，似乎就已經相當吃力。

我繼續在天空中往前奔馳，同時斜眼看向後方逐漸遠去的王宮，流露帶著諷刺的笑容。

雷獸正咬著指甲怒瞪著我們這裡，你活該。

而走出外廊的妖王……

他抬起臉看著我們的去向，臉上依然是那張難以言喻的憂鬱神情。

除了從那位君王的眼神中感受到迷惘以外，似乎還有一些唯獨他才能預見的——關於這場騷動的某種結局……這令我有些在意。

然而現在可不是陷入沉思的時候。

銀鴿部隊中的精銳以迅雷不及掩耳的速度在後頭追趕著。

雖然他們的氣勢足以追上我們，不過此時上空雲層落下一顆顆椰子，讓他們再度被擊落。

「哦？這椰子……真是風雅的表現呢，很符合他們的作風。看來援兵及時趕到了。」

一艘空中飛船從雲層間直射而下的光芒中降落。

那艘船的淡青色船帆上印著「折」字的六角形家徽。

站在甲板上的是一頭亮麗紅髮的犬神，與我相當熟悉的銀色九尾狐。

「我們還欠天神屋一次人情啊。要大鬧中央政府一場，沒號召我們一起來怎麼行。」

身為折尾屋大老闆的犬神露出大膽無懼的笑容，悠悠舉起單手，用椰子大砲給出動的中央飛船一陣痛擊。

「各位！請往這邊！」

這是我們天神屋的小老闆，銀次殿下的聲音。

我事前已將計畫傳達給他，並委託他居中尋求折尾屋的協助。

因為若出動天神屋的飛船，在中央監視下要動身應該很困難。

不過與我們互為競爭對手的折尾屋是否願意冒著頂撞妖都的危險來協助我們，不到最後階段都無法確定，其實是一場賭注。不過……

這樣的發展豈不是很有趣嗎？

就像這樣，所有人事物一一串連了起來。

葵，雖然一直以來要求妳交出成果，但其實妳已經做得非常好了。

妳做出的美味飯菜打動了妖怪們的心，促使他們行動，這就是妳才能造就的成果。

第八話

決戰前夕的必勝料理

既不像狐狸，也非狸貓，當然更不是鬼。

那是頭奇異的野獸。

不，也許形容為類似白獅的野獸比較好。額頭上長了第三隻眼，身體周圍也圍繞著類似眼睛圖案的東西，匆忙地轉動著眼珠子。

簡直就像是看透世間的萬物，這就是白夜先生身為妖怪的真實樣貌。

令人畏懼又充滿神聖氣息的這頭聖獸，對我說：

「葵。妳做出美味的飯菜打動了妖怪們的心，促使他們行動，這就是妳才能造就的成果。」

伴隨著雲間的光流一同現身的空中飛船上，站著折尾屋的亂丸與天神屋的銀次先生。

我的胸口開始發燙。

如果我的料理擁有這樣的力量，能促使活在當下的妖怪們有所行動。

那麼我就能想開了，果然保持初衷就已足夠。我的內心已豁然開朗。

我們搭上折尾屋的飛船，隱匿於雲彩之中逃離妖都。

來到折尾屋的甲板上，我與佐助從白夜先生的背上下來。

白夜先生他一聲不響地變回人類的外形，拍打著身上的外褂整理服裝儀容，彷彿剛才什麼事情也沒發生過一樣。

「唷，天神屋的蠢蛋們。」

「嗷呼嗷呼！」

是亂丸。上次見到他已經是夏天舉辦儀式那一次了。他還是一樣仰著上半身擺出傲慢的態度，批在肩上的淡青色外褂隨風陣陣飄揚。然而他懷裡抱著折尾屋的吉祥物信長，所以帥氣度扣了很多分。

亂丸低頭瞥向我，「哼」地一聲用鼻子發出嗤笑。

「潛入王宮咧，妳還真有勇氣提出這麼輕率的計畫呀，津場木葵。」

「彼此彼此，你們如此擺明與妖都槓上，真的沒關係嗎？」

「哈！妖都那些傢伙只會袖手旁觀在一旁看南方大地儀式的好戲，從未對我們伸出援手，如今又何必顧慮他們。我說過了吧，我們欠天神屋一份人情，如此而已。」

不知怎麼地，覺得現在的亂丸比起儀式當時的他，似乎多了一份沉著與餘裕。

從他身上能感受到身為八葉之一的威嚴。

「白夜，真沒想到連你也如此胡來。當我聽說你的事情時，真的嚇壞了。你是被那女人感化了還怎樣嗎？所以接下來你有何打算？」

「哼，雖然被你這種小毛頭直呼名諱有點不悅，不過看在這次受到你們的協助，我就原諒你的無禮吧……接下來要朝北方前進。」

原本拿著摺扇往臉上搧風的白夜先生闔起扇子，用扇子前端指向北邊的方位。

銀次先生雙耳豎得直直的，伸手抵著下巴呢喃：「北方大地……」

「原來如此。因為那邊自古以來就是由冰人族代代管理的土地。北方大地有別於其他八葉，被包圍在冰天雪地之中，獨立的色彩相當強烈呢。」

「是呀。最近正逢新八葉接任，也就是春日嫁入的夫家。那片土地雖然還有堆積如山的問題，不過在歷史中擁有與妖王家平起平坐的地位，若能得到他們的支持，將能獲得相當的影響力。只不過北方大地較為封閉且風氣特殊，無法保證歡迎我們的到來。」

「但交涉若進行得順利，願意站在我們這邊的可能性是很高的。北方大地與中央鮮有往來，而且若能與地理位置相鄰的鬼門大地有商業上的合作，我想這對他們來說也是具有利益的一筆交易。不過……那邊確實比較有排他的風氣，所以端看他們是否願意涉入其他土地的紛爭吧。」

「如果春日能居中擔任良好的橋梁，那是最好了……」

從他們的對話走向來看，感覺即將在現場開起會議了。然而白夜先生中途突然皺起眉頭「唉～～」地嘆了一口氣。

「怎麼了？白夜先生。難不成剛才受傷了？還是身體不舒服？」

「不，只是思緒一團亂，怎麼樣都無法集中。好幾百年沒變回原形了，副作用很強烈。雖然那明明才是我真實的樣貌啊……抱歉，繼續吧。」

白夜先生雖然看起來有點不適，但仍繼續跟拿了地圖過來的亂丸展開討論。

正當我心想他應該沒問題的時候，佐助拉了拉我的袖子。

「會計長殿下恐怕肚子餓了是也。」

「咦，肚子餓？」

他接著在我耳邊悄悄地提議。

「葵殿下，希望您能幫忙做點料理是也。可以的話……我想關東煮為佳。」

「……關東煮？」

銀次先生沒有錯過我輕聲細語說出的這三字，直直豎起了狐耳。他若無其事地來到我們這裡，帶著笑容比出「噓」的手勢。

「？」

此時的白夜先生與亂丸正在為了今後的計畫各有意見而爭執不下，無暇理睬我們。銀次先生便趁隙招手要我過來。

「如果能製作關東煮的話，我有一些好點子唷。」

銀次先生帶我前往甲板的另一側，伸手指向罩了一大片布的東西。看起來像是貨物之類的。

「您覺得這是什麼呢？」

「什麼？貨櫃？」

「不，其實這個呢……」

銀次先生賊賊地笑了一下，一口氣掀開那片布。

「竟然就是——夜鷹號！」

「咦咦！」

我大吃一驚，眼前的確是擦得亮晶晶的夜鷹號。

為什麼夜鷹號會出現在這？

「怎麼會在這？不是應該停在星華丸……」

「其實是我硬要求搬進折尾屋船上的。我想說只要有了這個，葵小姐到哪裡都能做料理吧。」

「難不成是銀次先生開過來的？」

「是的！別看我這樣，也是持有現世普通駕照的！」

「咦咦咦咦咦咦！」

比起夜鷹號，我更驚訝的是這個。

據銀次先生說明，基於去現世出差時有張駕照比較方便移動，所以他曾利用短期休假去考取普通駕照。

「我記得這輛小貨車備有關東煮鍋。在這裡做關東煮您覺得如何呢？我想也很方便招待大家享用。」

這點子真不錯。簡直就像換個地點開起夜鷹號快閃店，讓我一陣雀躍。

「這時期的關東煮讓我想起每年尾聲天神屋上下齊聚享用的關東煮之宴。我聽說這是天神屋打從創立時就存在的一種傳統。請您務必用關東煮招待白夜先生。」

「嗯嗯！交給我！」

可是等等，少了最重要的東西。

沒錯──關東煮的材料。

「「關於這一點就不用擔心了。」」

「？」

背後傳來一陣耳熟的聲音，讓我猛然回過頭去。

並肩站在我面前的，是一對長相神似的妖怪雙胞胎，分別為黑髮與白髮。

「戒、明！」

他們正是折尾屋的廚師──黑白雙鶴童子，戒與明。

我霎時綻放了笑容。

「好久不見，津場木葵。」

「連在別人船上都想做點什麼，妳還是一樣愛料理成痴耶。」

他們的聲調雖然平淡得毫無起伏，但直直凝視我的那兩對眼眸閃著純粹的光芒。那是跟我一樣愛料理成痴的眼神。

「戒先生與明先生是這艘船上的廚師唷。」

銀次先生似乎早已知道這兩人的存在。

「到年底的夜行會為止。」

「我們是跟隨亂丸大人行動的料理人。」

「材料用我們家的就可以了。」

「事後再跟亂丸大人報告一聲就得了。」

雙胞胎還是一樣老神在在的。這樣真的可以嗎？

他們兩人仰頭看著這一大台附有調理設備的小貨車，分別發出「噢噢」的驚嘆。

「這真厲害耶。」

「是烹調設備？」

「嗯嗯，雖然是簡便型的，不過最適合拿來做餐車販售囉。欸，戒還有明，現在要不要跟我一起來製作『關東煮』？聽說這似乎是天神屋的必勝料理喔。」

「關東煮……」

「不錯耶。」

接著他們倆望向彼此，滿意地露出無聲的笑容。

「妳來廚房一下！」

「我們這裡有很多好食材。」

他們拉著我的手，帶我前往這艘船上的廚房。

而銀次先生似乎先跟我分頭行動，回到白夜先生那裡去了。

因為他們倆都是出身自妖都的廚師，似乎熟知可以便宜採購妖都蔬菜的門路，於是剛才先買齊了材料。

「哇，好多的妖都蔬菜。」

就連那質地紮實美味的妖都岩豆腐都有準備，整塊保存於木桶內。

「欸妳看，還有許多折尾屋特產的魚漿製品喔。做關東煮可少不了這些。」

「其實是我們開店用的食材，不過稍微拿一點來用沒差吧。」

「你們在這方面還是一樣很隨興呢。」

戒與明從這間廚房的大型冰箱內翻找出各種魚漿製品的樣品。

聽說由於南方大地面海，擁有豐富漁產資源，所以會將魚肉加工製成各種無添加的美味魚漿產品。

最基本的有竹輪與山藥魚板。

另外還有炸牛蒡、炸蔬菜等口味的圓餅狀甜不辣。這些同時也是旅館內所販售的特產呢。

「還有很多炸豆皮，順便做點年糕福袋跟豆皮鑲肉吧。」

「還有妖都岩豆腐，拿來做成油豆腐吧。」

「沒有炸豆腐蔬菜餅呢。這個必須自己手做才行。」

「啊，那我來做吧，豆腐料理我在行。」

材料大致上湊齊了，於是我們各自分配好工作，在寬敞的廚房內完成備料作業。

負責關東煮湯底的是戒。

我請他使用昆布與柴魚片熬出高湯，因為這種清爽中卻帶有層次的經典風味高湯是他最擅長的項目。

另外，炸豆腐蔬菜餅則交給明來製作。

畢竟在妖都高級傳統料亭工作過，這類料理是他的專長。將豆腐壓泥後和入羊栖菜、切碎的蘿蔔末與綠紫蘇葉攪拌均勻，油炸成金黃色的圓餅。感覺起鍋直接拿來吃也很美味，真期待煮成關東煮之後的成品。

而我要負責的，就是其餘的所有工作。

我切好蔬菜，依照用途完成需要預煮的步驟，然後製作水煮蛋並撥好外殼。

蒟蒻先用菜刀切上十字切花，這是幫助加熱與入味的步驟。

所有材料的前置準備完成後，我將這些運往夜鷹號。

我將湯底倒入關東煮攤販常見的那種分格關東煮鍋內，依照入味速度的快慢將材料一一下鍋燉煮。

首先是白蘿蔔等根莖類蔬菜與水煮蛋。再來是海帶捲、蒟蒻，接著是魚漿類製品……我把配料依序放入鍋裡。

最後把剛炸好的豆腐蔬菜餅與山藥魚板放進去之後，舀起湯汁澆在食材表面，不用煮多久就大功告成了。

熱騰騰又入味的冬季關東煮。

「來試試味道……」

老實說我也餓了，於是以試味道為藉口偷偷吃了一點明親手製作的炸豆腐蔬菜餅。

稍微在湯內浸泡一下，趁表皮還帶有微微酥脆感時拿起來吃，實在很享受。繼續放著燉煮之後將會吸飽滿滿的高湯，咬起來鮮美多汁……真期待最後吃起來的口感。

「喂，這到底在搞什麼東西！」

「看也知道吧，就攤販啊。」

亂丸微微地吊高眉毛大聲質問。

不過關東煮的香味果然吸引了所有人前來，聚集於這輛夜鷹號前。

「這是怎樣？葵，竟然準備起關東煮了。」

「什麼這是怎樣啦，白夜先生，這可是為你做的耶。」

白夜先生臉上寫著「啥？」不過見到銀次先生與佐助莫名的笑臉之後，他似乎了解狀況了。

然而他只是清了清喉嚨，露出一張若無其事的表情用摺扇朝臉上搧風。

想必是接受這份好意的意思。

「好，大家想吃什麼料就告訴我！今天的夕顏快閃店夜鷹號是關東煮攤！」

亂丸一樣傻眼地吐嘈我「在這種地方也要做飯」，而白夜先生、銀次先生與佐助看起來倒是興致勃勃。

也許是因為他們對於這時期的關東煮有特別的感情吧。

「冬天果然要吃關東煮是也。」

「接下來將面臨關鍵時刻了呢。必須好好享用葵小姐親手做的料理，為即將到來的戰役養精蓄稅，這也正是天神屋決戰前的必勝料理。」

「銀次先生說得沒錯呢，畢竟俗話說肚子餓的士兵怎麼打仗。」

這番話讓白夜先生突然一笑。

「我們也並不是去打仗啊。不過呢……關東煮是吧，的確是我此刻最想吃的東西呢。」

白夜先生點了白蘿蔔、水煮蛋、炸豆腐蔬菜餅、牛蒡甜不辣、蒟蒻、海老芋。雖然很老派，但都是經典選項。

銀次先生則點了年糕福袋、豆皮鑲肉、水煮蛋、白蘿蔔還有油豆皮，全是狐狸的最愛。

剛才還在抱怨的亂丸也點了牛筋、章魚串、蒟蒻絲、竹輪、山藥魚板，也一樣有白蘿蔔與水煮蛋。看來他偏好魚漿類製品。

不過話說回來，大家都會點水煮蛋跟白蘿蔔耶。

我自己吃關東煮最喜歡的也是這兩樣。小不點也將分裝在小碟子裡的水煮蛋與白蘿蔔吹涼後大口咬下。

將吸滿高湯而變得軟嫩的白蘿蔔趁熱在口中咬碎，品嘗鮮甜風味的同時，轉眼間已在口腔內化開並消失。

圓滾滾又充滿彈性的水煮蛋已染上高湯的顏色，首先對切成半，再趁蛋黃快溶入高湯前大口吃掉，是至高無上的享受。

關東煮果然美味，熱騰騰卻又溫和的味道，感覺讓身體深處湧現一股活力。

「對了，葵。妳知道關東煮的起源嗎？」

「咦，怎麼了？白夜先生你怎麼會突然問起這個？」

在船上享用關東煮的同時，白夜先生似乎心情不錯，開始提起這個話題。

剛才的他還略顯疲態，現在好像已經恢復一些精神了。

「所謂的關東煮，據說原本起源自用豆腐做成的田樂料理。名稱也從田樂（Dengaku）、御田樂（Odengaku）演變成現在的Oden。」

「是喔，我還真不知道耶。田樂是指將豆腐插在竹籤上塗滿味噌火烤的料理對吧？」

「沒錯。在現世室町時代流行的一種輕食。我以前也常吃……」

今天的白夜先生實在有點反常，他平常明明幾乎不會談到吃飯的話題。

不過這時我靈機一動。

聽他這麼一說才想到，那一大塊妖都岩豆腐還有剩耶，似乎是從妖都弄來的。

也許可以用那個來做出味噌田樂。

「好！那我現在也來做點田樂吧。」

「……」

白夜先生臉上的表情彷彿一切如他所料。

咦，難道我被他拐到了？

算了，這樣也好啦。若把這當成白夜先生式的蹭飯，也挺可愛的。

我請雙胞胎從廚房拿了豆腐與味噌過來，將夜鷹號上備有的炭火烤爐生好火，在甲板上烤起味噌田樂招待大家。

所有人看著停不下來的我，臉上露出的表情似乎帶著不可置信、無言，甚至被我打敗的感覺。不過我一點都不在意。

難得弄到了妖都岩豆腐耶。

將豆腐切塊後插上竹籤，用紅味噌加上砂糖、味醂與酒調配而成的特製味噌醬塗在豆腐表面，放上炭爐火烤即可。

香甜的味噌焦香味開始飄散，所有人都漸漸注意到味噌田樂的存在。嗯，我想這的確是妖怪無法招架的香氣。

我拿著圓扇把氣味搧往大家的方向，彷彿故意讓他們多聞聞。

扇子響著啪噠啪噠啪噠啪噠啪噠的聲音……

「葵，妳是怎麼啦，今天特別來勁耶。根據剛才佐助的報告，妳似乎在宮中被石榴說得很難聽是吧？」

「咦！葵小姐，這是真的嗎？」

比起白夜先生，銀次先生更顯著急地擔心我的狀況。不過我只苦笑地回了一句「對呀」，眼神並未離開炭爐。

「她告訴我，即使我的料理得到一時的吹捧，也會消失在時代的洪流中。不過多虧她這番話，讓我不上不下的心情振奮了起來。雖然我的能力微不足道，不過既然如此，那我就全力去完成只有我能勝任的部分吧。」

我不可能靠一己之力救出大老闆。

這需要天神屋上下的力量，而我的任務想必就是為他們每個人準備「必勝料理」，讓他們全力以赴。我重新體悟到這才是我的使命。

我希望在這樣的過程中，摸索自己能力所及的範圍，一步步往前。

最後抵達大老闆的身邊。

回到大老闆能安身的天神屋。

「我想通了，我並不在乎自己的料理是否能流傳百世或者獲得名聲，我重視的是眼前當下的每一個人。我想為了自己珍視的人們做出能夠替他們加油打氣、成為助力的料理……即使未來被遺忘也無妨。」

我彷彿是為了說服自己。

然而這番話讓白夜先生驚訝地猛然抬起頭，彷彿回想起什麼。

「白夜先生，怎麼了？」

我同時把一串烤得焦香美味的味噌田樂遞給他。

他接過竹籤，依舊以同樣的表情凝視著手中的田樂。

「好久以前，也曾有個女人對我這麼說，雖然其中含義也許完全不同……」

「白夜先生？」

沒多久之後，他盯著田樂看的那雙眼變得一點也不像平時的他。那是帶著寵溺且溫柔，散發著憐愛的眼神。

這時我總算查覺到了。

他指的女人……該不會是……

「沒錯，正是我過去的妻子……別擔心，葵。無論經過多少時光流轉，妖怪絕不可能遺忘曾為自己帶來救贖的人。」

「……」

銀次先生還有亂丸兩人對於白夜先生曾有家室這一點感到萬分驚訝，吃著關東煮與田樂的姿勢就這樣僵在半空中。然而我深切地體會到他想傳達給我的意思。

白夜先生對人的態度時常非常嚴苛。

然而，比任何人活過更長歲月的他所說出的這番話，讓我的淚水幾乎快忍不住奪眶而出，那熱度與震撼深深打動我的心，就如同充滿高湯香味的熱騰騰關東煮。

你說得沒錯呢。

我也永遠不會忘記這段話的。

那麼，是該迎向下一個舞台了。

空中飛船此時正緩緩接近北方大地與中央平原交界處的山地上空。

後記

各位讀者好，我是友麻碧。

大老闆在本集幾乎沒有戲分呢……連封面都不見他的蹤影（其實是有的，各位有發現嗎？）

不過同時也有驚人的大消息宣布了呢，在書腰等處應該有大力宣傳，所以我想大家也已經得知了。

天大的好消息——《妖怪旅館營業中》改編為電視動畫了！

……不會吧（呆若木雞）。

不不不，這是千真萬確的喔。雖然我也仍然無法置信，但很快就能見到會動會說話的小葵、大老闆以及天神屋的大家了。

播出時間與配音陣容等詳細資訊，接下來應該會逐次公布。

真是可喜可賀，真開心又真期待呀。

動畫化這種事簡直像作夢一樣。這是我未曾想像過自己能達到的目標。

不過身為作者的我也懷抱著些許不安，究竟自己的作品禁得起影像（動畫）化的考驗嗎？

然而在不安的同時，我也回想起了一些事。

就是我剛開始執筆這部《妖怪旅館營業中》之時。

當時的我其實陷入相當嚴重的低潮。原因就在於我的前一部作品以腰斬收場了。毀了寶貝作品的前途，讓我覺得自己實在太沒出息，總覺得自己即使繼續創作之路，未來也無法做出一番成績。

然而為了克服這樣的負面情緒，我拚命寫作，完成的作品正是《妖怪旅館營業中》第一集。

本作品順利系列化，在我勤奮地構築劇情之下，故事中的世界開始擴大了格局，角色們也產生了豐富的個性。不知不覺間，這個作品已漸漸成長茁壯。

《妖怪旅館營業中》這部作品救了身為小說家的我，我認為我也有責任抱持自信，將這部作品交付給那些賞識這部作品，並願意提出改編動畫的相關人士們。

小說劇情還要一陣子才會告一段落，漫畫版也還在連載推出中。現在再加上動畫的全新表現形式，若能成為一部愉快又熱鬧的作品，將是我的榮幸。

一路走到這裡，這部作品已不是專屬我一個人的故事。富士見L文庫與責任編輯、封面插圖繪者Laruha老師、B's-LOG COMIC與漫畫版繪者衣丘わこ老師、動畫製作同仁，以及所有讀者朋友，都是造就這部作品的功臣。

希望各位也能繼續守護跨出了動畫化這一大步的《妖怪旅館營業中》，並且一同共襄盛舉。

來到卷末，要感謝責任編輯每當我陷入混亂時給予諸多建議，真的幫了我很大的忙。我認為本集之所以能完成，全要歸功於有責任編輯的存在。另外還要感謝擔綱封面插圖的 Laruha 老師，這次依然為本作帶來美好的封面。尤其佐助跟砂樂博士是初次登場，我也因為能一睹他們的模樣而感慨萬千。每當 Laruha 老師讓角色具體成型，都會讓我對他們的愛變得越來越深呢。

最後要感謝的是各位讀者朋友。

《妖怪旅館營業中》決定改編為動畫，全是因為有大家的支持。誠心向各位致上感謝之意。我也會繼續奮發創作下去的，還請繼續多多關照今後的續集以及筆者的動向。

小說下集預計於春季發行，同時也敬請期待動畫版的播出！（註8）

友麻碧

註8：以上指日本出版狀況。

國家圖書館出版品預行編目資料

妖怪旅館營業中．七，決戰前夕的必勝料理 / 友麻碧作；蔡孟婷譯．-- 初版．-- 臺北市：臺灣角川，2018.10

面；　公分．--（角川輕．文學）

譯自：かくりよの宿飯．七，あやかしお宿の勝負めし出します。

ISBN 978-957-564-533-5(平裝)

861.57　　107014332

輕文學
Light Literature

妖怪旅館營業中 七 決戰前夕的必勝料理
原著名＊かくりよの宿飯 七　あやかしお宿の勝負めし出します。

作　者＊友麻碧
插　畫＊Laruha
譯　者＊蔡孟婷

2018年10月25日 初版第1刷發行
2020年12月14日 初版第3刷發行

發 行 人＊岩崎剛人
總 編 輯＊呂慧君
編　輯＊林毓珊
美術設計＊吳佳昀
印　務＊李明修（主任）、張加恩（主任）、張凱棋

台灣角川

發 行 所＊台灣角川股份有限公司
地　址＊105台北市光復北路11巷44號5樓
電　話＊（02）2747-2433
傳　真＊（02）2747-2558
網　址＊http://www.kadokawa.com.tw
劃撥帳戶＊台灣角川股份有限公司
劃撥帳號＊19487412
法律顧問＊有澤法律事務所
製　版＊尚騰印刷事業有限公司
I S B N＊978-957-564-533-5